PRIGIONIERA DI UN ALIENO

KIRENAI: COMPAGNI PREDESTINATI
LIBRO 3

TAMSIN LEY

Twin Leaf Press

Versione cartacea

Copertina di Tamsin Ley

© Edizione italiana: Tamsin Ley; 2026
© Edizione originale: *Iroth*, di Tamsin Ley; 2021
Tutti i diritti riservati.
Versione tascabile
ISBN-13: 979-8-89548-041-0

Twin Leaf Press
PO Box 672255
Chugiak, AK 99567

Avrebbe dovuto pensarci due volte prima di portare a casa quel cane randagio...

Tutto ciò che Maise voleva era aiutare a raccogliere fondi per il rifugio per animali. Invece, il suo accompagnatore alieno all'asta di beneficenza si disintegra e lei finisce per portarsi a casa un misterioso alano dal profumo sospetto di colonia da uomo.

Quando il cane si trasforma in un alieno mutaforma molto nudo e molto blu sul divano del suo soggiorno, Maise scopre di ospitare un fuggitivo ricercato per omicidio. Lui sostiene di essere innocente. Lei vorrebbe credergli. Ma poi lui la rapisce su un'astronave, prima che possa decidere se fidarsi o chiamare la polizia.

Intrappolata nello spazio con un alieno in fuga attraverso la galassia, Maise è prigioniera di qualcuno che non può permettersi di lasciarla andare. Iroth è ricercato, bugiardo e pericoloso. Ma più tempo passano insieme, più Maise vede l'uomo dietro il mostro... e più il suo cuore si rifiuta di ascoltare la ragione.

Un romance fantascientifico bollente con alieno mutaforma, rapimenti nello spazio e una bella che vede oltre la bestia. Per chi ama i compagni predestinati, l'amore che nasce dalla prigionia, la chimica che brucia e un lieto fine che vale il viaggio.

Caro lettore,

In questa storia sono presenti alcuni termini alieni inventati, quindi volevo assicurarmi che tu sapessi in anticipo che alla fine del libro è presente un glossario, se ti piace questo genere di cose. Inoltre, troverai una sezione bonus con le descrizioni delle razze aliene che potresti incontrare in questa serie. Buona lettura!

Tamsin

CAPITOLO
UNO

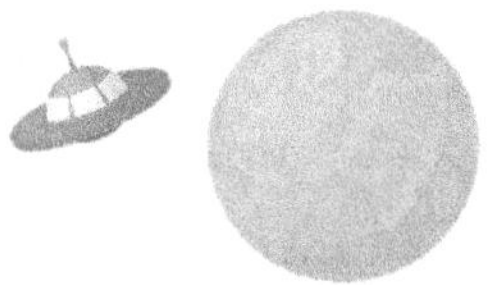

Mantenendo il proprio Iki'i schermato affinché nessun Kirenai nelle vicinanze potesse identificarlo, Iroth si sistemò gli abiti umani formali che coprivano la sua matrice e si concesse un momento per riprendersi. L'uso del teletrasporto lo lasciava sempre stordito, e la rete di trasporto attorno alla Terra era stata chiaramente allestita in fretta, senza i soliti ammortizzatori per attenuare il disagio.

Inspirò lentamente. L'aria calda della notte era satura del frinito dei grilli. Sotto i suoi piedi, sottili fili d'erba erano rasati a un'altezza uniforme, sebbene non potesse distinguerne il colore nella debole luce proveniente dai lampioni a diversi passi di distanza. Altri Kirenai sotto forma di umani blu si stavano già muovendo lungo un sentiero di cemento verso i suoni di una folla che si radunava.

Raddrizzò le spalle e s'incamminò sul sentiero. Quella sera faceva parte di una lista esclusiva di invitati, piena di dignitari di alto rango e ricchi mercanti. La forma umana blu azzurro che indossava ora era simile a quella che aveva usato crescendo — sua madre era fogariana — sebbene la sua forma attuale fosse più alta, meno pelosa e priva di artigli e zanne. Ma non era la forma a farlo sentire a disagio; era il ruolo che doveva interpretare.

Normalmente, preferiva svolgere i suoi incarichi come servitore o sottoposto, mimetizzandosi tra i nativi. Era un *burendo,* capace di cambiare sia colore sia forma, sebbene per questo lavoro dovesse apparire palesemente Kirenai. Chiedeva ai suoi clienti prezzi esorbitanti, guadagnandosi da vivere molto agiatamente infiltrandosi in eventi per raccogliere informazioni diplomatiche o contrabbandare merci proibite. Quella sera cercava un carico diverso: un carico *vivo.* E l'unica ragione per cui aveva accettato era che l'acquisto sarebbe stato legale, per un cliente che non voleva che la transazione fosse effettuata a proprio nome.

Camminando spedito lungo il sentiero, Iroth esaminò un paio di femmine che stavano spalla a spalla mentre guardavano passare gli ospiti. Aveva lavorato nel mercato nero abbastanza a lungo da sentire voci su prigioniere umane capaci di incitare la passione nei partner più reticenti. Quella sera segnava il primo evento legale per i contratti di servitù umana, e la competizione sarebbe stata alta.

Le femmine che osservava ora indossavano ciascuna un lungo abito scuro: una scintillante e l'altra con una gonna che diventava trasparente a metà coscia per rivelare gambe sinuose. *Niente male*, riconobbe, sorridendo loro mentre passava. Quella con l'abito scintillante incrociò il suo sguardo e lui aprì brevemente il proprio Iki'i per coglierne le emozioni.

Era curiosa e un po' nervosa. Capiva come si sentiva — il primo lavoro per cui si era offerto volontario era stato eccitante e snervante al tempo stesso, ed era stato felice quando fu finito. Riusciva a malapena a immaginare di voler vendere se stesso a lungo termine a una singola persona.

Proseguì oltre, dirigendosi verso una piattaforma rialzata illuminata dai fari. Lo stomaco gli si strinse e la sua matrice voleva contrarsi nella forma più piccola possibile a quella vista. Non importava quante volte vedesse un palco, combatteva sempre contro quelle sensazioni. «Non ti rivelerai a nessuno», si ricordò. Non avrebbe cambiato colore né sarebbe stato portato via dai suoi genitori con vergogna.

Nessuno qui sa cosa sei.

Tuttavia, si sedette a un tavolo al margine esterno del pubblico, traendo un po' di conforto dal sapere che avrebbe potuto darsela a gambe in un istante. Sebbene l'imperatore avesse proibito gli atterraggi di astronavi sul pianeta e avesse limitato l'accesso attraverso la rete di teletrasporto, Iroth era riuscito a far atterrare una nave occultata e senza equipaggio fuori città diversi giorni prima. Aveva usato la rete di trasporto quella sera solo per essere registrato come ospite offerente. Ma da quando un lavoro era andato storto, lasciandolo bloccato nei bassifondi di una luna g'naxiana per sei rivoluzioni, si assicurava sempre di avere vie di fuga alternative dal pianeta.

Un maschio umano si avvicinò al suo tavolo portando un vassoio con bicchieri alti e sottili di una bevanda dorata, e un altro umano offrì una selezione di cibo locale. Iroth ne prese cortesemente uno per tipo ma li mise da parte senza toccarli. Non aveva mai amato molto i cibi stranieri; inoltre era troppo occupato a esaminare le femmine umane che si radunavano su un lato del palco. Ognuna possedeva un quadrupede, al guinzaglio o tenuto in braccio come un neonato. Non era stato avvertito che questa specie richiedeva alloggi per un'ulteriore forma di vita, e prese nota mentale di esigere un pagamento extra quando avrebbe consegnato la femmina.

Un piccolo quadrupede bianco appoggiò le zampe anteriori contro le gambe della femmina che teneva il guinzaglio, scodinzolando con la coda mozza. Gli ricordò un piccolo di nezumi che aveva trovato da bambino, una creatura lanuginosa con la coda corta e lunghe orecchie cadenti. Si era rannicchiato in uno dei tubi del condensatore della stazione spaziale. La maggior parte dei residenti considerava quelle creature parassiti, e le famiglie più povere della stazione le cacciavano e le mangiavano. Ma lui aveva messo il piccolo in tasca e lo aveva portato a casa, passandogli di nascosto briciole del loro prezioso cibo. Quando suo padre lo scoprì, s'infuriò. Quella sera stessa mangiarono zuppa di nezumi.

Iroth scacciò il ricordo e si concentrò nuovamente sulle femmine umane. Non era il momento di cadere in pensieri oscuri.

Una bellezza dai capelli neri in un abito bordeaux senza maniche attirò la sua attenzione. Il tessuto era cangiante senza essere pacchiano, e rifinito con pieghe sovrapposte sul corpetto e una gonna liscia che scendeva fluida dai fianchi. La sua pelle di un ricco marrone dorato gli ricordava il legno di amai ben lucidato e gli fece nascere la curiosità di sapere se profumasse altrettanto dolcemente.

Il quadrupede al suo guinzaglio aveva una folta pelliccia rossa e nera sul dorso e una pesante gorgiera bianca che proseguiva fino alle zampe anteriori. La bocca dell'animale era aperta in quello che sembrava un sorriso e, sebbene il suo Iki'i fosse chiuso, immaginò la completa adorazione che la creatura doveva nutrire per la femmina.

Fai un'offerta per lei, lo incitò una voce interiore. Immaginò come sarebbe apparsa distesa tra le lenzuola di seta del suo letto, con gli occhi lucidi e desiderosa del suo prossimo tocco. Solo che non stava comprando un servo per sé. Il suo cliente voleva un esemplare da riproduzione, e la donna in abito bordeaux meritava di meglio. Distolse lo sguardo a forza, esaminando le altre femmine.

Le luci si abbassarono e l'asta iniziò con la voce tonante di un banditore che snocciolava informazioni troppo velocemente perché il suo traduttore universale potesse elaborarle. Dei riflettori si accesero sul palco e le donne sfilarono insieme ai loro animali come gruppo, eseguendo una sorta di passerella provata a tempo con una melodia ritmata. Poi si ritirarono ai lati.

Iroth incrociò le mani in grembo e aspettò che le donne riapparissero una a una, lasciando che le prime due andassero e venissero senza fare offerte. Gli ospiti erano competitivi e le offerte erano alte. Il cliente di Iroth aveva fornito un budget generoso per l'asta e aveva detto che Iroth avrebbe potuto tenere tutto quello che non avesse speso, ma a questo ritmo, aggiudicarsi una femmina gli avrebbe richiesto di spendere l'intera somma. *Un altro motivo per far pagare un extra per l'animale.*

Sospirando, fece un'offerta per la donna successiva e la perse. Alla fine si aggiudicò una piccola femmina in un abito rosa di nome Susan, che aveva curve deliziose e denti bianchi perfettamente dritti. Scese saltellando i gradini del palco, seguita da un quadrupede nero con le orecchie penzoloni e una lunga coda. L'animale trotterellò verso di lui e infilò la testa nel suo grembo mentre la femmina poggiava sul tavolo una bottiglia verde alta e due bicchieri vuoti. «Non conosco questa usanza!»

Sbatté le palpebre, cercando di decifrare le sue parole mentre spingeva via il muso del quadrupede dalle sue parti intime. Quel maledetto traduttore universale doveva essere andato in tilt. Lanciando un'occhiata intorno per assicurarsi che i Kirenai nelle vicinanze fossero occupati, schiuse il suo Iki'i di una frazione, sperando che ciò gli permettesse di cogliere parte del suo significato. Era amichevole e sembrava voler iniziare i suoi doveri di serva offrendogli da bere.

Lui sorrise e annuì.

Lei posò la bottiglia e tirò fuori la sedia accanto a lui, accostandola così tanto che i loro gomiti si sfiorarono. L'animale si sdraiò a terra sotto il tavolo, il fiato caldo che gli lambiva gli stinchi. Ora che si era assicurato una femmina, era pronto a partire, ma avrebbe attirato un'attenzione indebita andarsene prima che l'asta fosse finita. Così continuò a sorridere e ad annuire mentre la femmina chiacchierava in modo incoerente.

Sul palco apparve la donna in abito bordeaux, con le nocche bianche mentre stringeva il guinzaglio del quadrupede con entrambe le mani. L'animale sembrò percepire il suo umore e le diede dei colpetti dietro il ginocchio, spingendola in avanti. La sua stima del valore della creatura aumentò.

Camminò lentamente verso la ribalta mentre due Kirenai e un Khargal davano inizio a una guerra di offerte per il suo contratto. Riusciva a malapena a trattenersi dall'unirsi a loro. Ma cosa avrebbe fatto con una seconda femmina? Dopo alcuni rilanci, il banditore dichiarò vincitore un Kirenai seduto a un tavolo al centro, e la donna scese i gradini per salutare il nuovo proprietario del suo contratto. Una fiammata di gelosia riscaldò il centro di Iroth.

La femmina che aveva acquistato gli toccò il braccio. Girando la testa per guardarla, la sua bocca entrò in collisione con qualcosa che gli lasciò una pasta sulle labbra. Si ritrasse istintivamente, rendendosi conto che lei teneva in mano un disco marrone di cibo sormontato da una sostanza cremosa chiara.

«Serviti.» Lei ebbe un sussulto e si infilò l'oggetto in bocca, masticando. «È buono», disse con la bocca piena.

Lei pulsava d'ansia, sforzandosi con tutte le forze di piacergli. Si leccò il residuo dalle labbra. Il sapore non era sgradevole, leggermente dolce con un tocco di unto. L'ondata di sollievo della donna lo raggiunse e lei sorrise, sollevando il flûte con aria d'attesa. Lui sollevò il proprio e lei fece scontrare i bicchieri prima di bere. Assaggiò l'alcol frizzante, trovandolo accettabile, sebbene preferisse il tè.

L'asta si concluse con l'aggiudicazione di una femmina in abito blu a un prezzo esorbitante, scatenando un boato assordante di applausi dal pubblico. Poi una band intonò una melodia vivace.

«Amo questa canzone! Balliamo?» Senza aspettare la sua risposta, la sua femmina gli afferrò la mano e lo trascinò verso un'area erbosa dove altre due coppie si muovevano a tempo di musica.

Ricordando a se stesso che quella era probabilmente l'ultima serata che la femmina avrebbe mai passato sul suo pianeta natale, le permise di guidarlo attraverso alcuni passi ritmici.

Un urlo squarciò la musica.

Iroth si voltò di scatto verso il suono e vide una donna indietreggiare dalla sedia, in preda all'orrore.

Al tavolo accanto a lei, un Kirenai si alzò a metà, tremò per una frazione di secondo e collassò nel suo stato di riposo. Un'altra donna cadde all'indietro con tutta la sedia.

Iroth osservò la scena, inorridito. I Kirenai non passavano mai al loro stato di riposo in pubblico. Mai.

Gli umani iniziarono a urlare e a fuggire mentre anche i Kirenai agli altri tavoli collassavano. I due Khargal afferrarono le loro femmine e volarono verso il palco. Un Fogarian si scavò un tunnel nel terreno. I due Kirenai che avevano ballato accanto a Iroth sussultarono, trasformandosi in pozzanghere proprio davanti ai suoi occhi.

Aprì il proprio Iki'i al massimo, cercando una spiegazione. *Sono morti?* La sua specie non era facile da uccidere. Ma non riusciva a rilevare alcuna emozione, nessuna firma proveniente dai Kirenai nelle vicinanze. Era un massacro diverso da qualunque altro mai visto.

Cercò la sua femmina, intenzionato a fuggire con lei, e si rese conto che era scomparsa. Lanciò un'occhiata verso i tavoli. Solo altri due Kirenai restavano in piedi oltre a lui. Quello più vicino fece un passo avanti e Iroth sentì il brusco tocco di una richiesta inquisitoria insieme a un senso di ammoniaca contro il suo Iki'i mentre il Kirenai cercava la sua identità.

Kuzara: il suo Iki'i era aperto. Lo richiuse, ma non prima di aver percepito una breve ventata di soddisfazione dall'altro.

L'interno di Iroth tremò. *Sarai incolpato per questo.* Nessuno si fidava di un *burendo*.

Poi, con suo sollievo, il Kirenai sussultò e collassò insieme agli altri.

Con la nausea, Iroth guardò verso l'unico Kirenai rimasto che ora camminava verso di lui con la furia nello sguardo. *Non puoi restare per essere interrogato.* Doveva mimetizzarsi. Era ciò in cui era bravo.

Prendendo un respiro profondo, sigillò il suo Iki'i nel profondo e lasciò che la sua matrice si rilassasse, unendosi al resto dei caduti. Solo uno scanner medico avrebbe potuto ora dire che era vivo.

Sperava di avere l'occasione di scivolare via inosservato prima che iniziasse la vera investigazione.

CAPITOLO
DUE

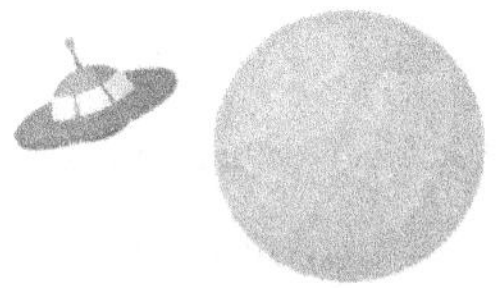

Maise si premette la schiena contro il palco e fissò a bocca aperta la pozza di poltiglia che fino a pochi istanti prima era stata il suo accompagnatore alieno. Il suo sheltie, Bixby, restava risoluto al suo fianco, la folta e calda pelliccia premuta contro la sua gonna mentre la gente urlava e correva, rovesciando sedie e mandando in frantumi i flûte da champagne. Cumuli di resti alieni palpitanti punteggiavano l'erba.

Era stata la prima volontaria per l'asta di beneficenza della sua amica Georgie, felice di aiutare il rifugio per animali e di donare i servizi della sua attività di toelettatura per animali domestici. L'evento aveva raccolto una cifra esorbitante.

Tranne che gli alieni morti non possono pagare. Si sentì in colpa per quel pensiero non appena le attraversò la mente.

Un barboncino scappato sfrecciò verso di lei e Maise istintivamente calpestò il guinzaglio, fermandolo sul colpo. La proprietaria accorse senza fiato, la ringraziò e afferrò il guinzaglio prima di riprendere la fuga.

Maise riportò l'attenzione sulla pozza vicino ai suoi piedi. C'era qualcosa che potesse fare per aiutare? Non era un medico, ma aveva trascorso gli ultimi otto anni frequentando corsi serali per diventare veterinaria. Facendosi coraggio, si avvicinò per vedere meglio e fece una smorfia. Tutto l'addestramento veterinario del mondo non avrebbe potuto prepararla a eseguire un triage su qualcosa che sembrava una gigantesca ameba blu. Rabbrividì e fece di nuovo un passo indietro. Non l'avrebbe mai toccato senza guanti.

«Scusa, amico. Vorrei poterti aiutare.» Si morse il labbro e si guardò intorno, sperando di scorgere una delle sue amiche. Erano già fuggiti tutti.

I due alieni grigi e cornuti erano balzati sul palco

dietro di lei e ora ruggivano in quello che lei poteva solo presumere fosse un segno di aggressività.

Decise che anche per lei era ora di andarsene.

Bixby rimase stretto al suo fianco mentre evitavano le varie macchie di poltiglia blu sparse tra i tavoli. Non c'era modo che qualcuno di quei poveri alieni fosse vivo. Si portò una mano allo stomaco, chiedendosi quanti fossero stati disintegrati.

Mentre passavano accanto a uno dei tavoli, Bixby si fermò ed emise un basso guaito. Lo sheltie era stato scartato dall'addestramento come cane da allerta medica perché era troppo amichevole con le persone, ma aveva ancora il sesto senso per capire quando qualcuno non stava bene.

Maise si fermò, chiedendosi se avesse trovato un sopravvissuto. Sollevando il lembo della tovaglia, sbirciò sotto il tavolo.

Ne uscì un enorme alano, la pelliccia grigia coperta di una poltiglia viscida e blu scuro.

Lei si ritrasse. «In cosa ti sei rotolato?»

L'alano si bloccò, tremando.

«Oh, povero cucciolo spaventato.» Sganciò il guinzaglio di Bixby e ne fece un cappio, sapendo che lo sheltie sarebbe rimasta al suo fianco senza costrizioni. Dandosi dei colpetti sulla coscia, disse: «Vieni qui, bel cagnone.»

Il massiccio cane non si mosse, osservandola con i suoi occhi turchesi. Non sembrava aggressivo, ma lei sapeva bene che non doveva darlo per scontato. Un cane della sua stazza avrebbe potuto probabilmente metterla fuori combattimento con un solo colpo della sua enorme zampa.

«Quelli grossi sono sempre i più timidi, vero?» Parlò con voce dolce, mantenendo il contatto visivo. «Vieni, bel cagnone.»

Il cane avanzò lentamente come se fosse tirato da un filo, fermandosi appena fuori portata. La coda scodinzolò leggermente.

Bixby sbucò da dietro di lui e diede un morsetto ai garretti dell'alano, spingendolo in avanti. Con il cuore che batteva forte, Maise gli passò il guinzaglio di riserva attorno al collo e lo strinse, preparandosi a impedire al cane più grande di rivoltarsi contro Bixby.

L'alano lanciò allo sheltie uno sguardo fulminante e si rivolse di nuovo a Maise. Lei strinse il fragile guinzaglio, sapendo che non l'avrebbe fermato se avesse davvero voluto scappare. Doveva aver perso il collare in qualche modo. «Resta con me, bel cagnone. Troveremo la tua padrona.»

«Signora, sta bene?» Una voce alle sue spalle la fece sussultare e lei si girò, vedendo un uomo in abito scuro che si avvicinava. Un elicottero passò rombando sopra le loro teste.

«Sto bene.» Un piccolo gruppo di donne passò accanto a lei, scortate verso il palco da un altro uomo in giacca e cravatta. «Cosa sta succedendo?»

«Stiamo radunando i sopravvissuti. Per favore, venga con me.»

Sopravvissuti. Le si rivoltò lo stomaco pensando a quante persone aveva visto dissolversi. «Quanti sono i morti?»

«Non si preoccupi, signora, sembra che siano stati colpiti solo gli alieni blu.»

Non le piacque il suo atteggiamento noncurante, ma non ebbe occasione di rispondere perché un labradoodle corse verso di loro trascinando il guinzaglio. Lo afferrò, aggiungendo il cane al suo serraglio prima di unirsi alle altre donne a un tavolo che era stato allontanato dagli altri. Gli alieni grigi non erano più sul palco e uomini armati in uniforme stavano stendendo nastri segnaletici tra i picchetti nell'erba.

«Per favore, consegnate i vostri cellulari», disse un uomo con una cartellina e un contenitore.

«Perché?» chiese una delle altre ragazze dell'asta, piantando le mani sui fianchi.

«Una questione di sicurezza nazionale, signora.» L'uomo allungò la mano in attesa. «Per favore, non ci costringete a perquisirvi.»

La donna sbuffò e consegnò il telefono. Anche Maise lo fece con riluttanza, mentre un senso di presentimento la invadeva. Aveva visto abbastanza serie TV per sospettare di poter finire rinchiusa in qualche struttura governativa segreta dove nessuno vede mai la luce del sole. *Vorrei aver chiamato mamma e papà un'ultima volta.*

Un familiare «baroo!» lacerò l'aria e Maise si voltò per vedere un Redbone Coonhound che guidava una guardia verso di loro.

«Pepper!» chiamò, scrutando l'oscurità dietro di lui alla ricerca della sua amica Lora.

Il segugio trascinò l'uomo dritto verso di lei e si mise a strofinare il muso contro Bixby.

«Questo cane le appartiene?» chiese la guardia.

Con il cuore a mille, lei rispose: «È della mia amica.»

L'uomo infilò l'estremità del guinzaglio nella mano di Maise. «Ecco. Allora può prenderlo lei.»

«Aspetti, e per quanto riguarda...» Ma l'uomo si stava già allontanando a grandi passi. Lei si accigliò. «Stronzo.»

I cani si annusarono e, in pochi istanti, tutti e quattro i guinzagli si aggrovigliarono tra loro. Maise si spostò in una zona erbosa nelle vicinanze per dare agli animali più spazio per giocare. Al limitare del nastro della polizia, qualcun altro stava discutendo per la confisca del cellulare e una donna in un abito nero senza spalline sedeva a un tavolo con il viso tra le mani.

Un alieno alto e blu, a torso nudo, si avvicinò, scortato da due scagnozzi in giacca e cravatta. Una donna dai capelli ramati, a lei familiare, in abito cremisi, zoppicava al suo fianco.

Pepper abbaiò in segno di riconoscimento e il sollievo inondò Maise alla vista della sua amica. «Lora! Sono qui!»

Lora era un agente di polizia e, se avesse avuto voce in capitolo, nessuno sarebbe finito rinchiuso in una struttura governativa segreta. La sua amica la raggiunse al nastro della polizia. «Grazie a Dio hai trovato Pepper.» Lora si chinò per farsi annusare l'orecchio dal segugio che guaiva e si dimenava. «Puoi tenerla d'occhio ancora per un po'? Sono in servizio.»

«Certo.» Maise era certa che la sua amica avrebbe presto messo le cose a posto. «Tutto quello che posso fare per aiutare.»

Maise tornò all'area erbosa con i quattro cani. Pepper e il labradoodle ricominciarono a rotolarsi, mordicchiandosi a vicenda le orecchie. Di solito a Bixby piaceva stare al centro della mischia, ma si accoccolò accanto all'alano, che si era sdraiato con la testa massiccia poggiata in modo malinconico sulle zampe anteriori. Bixby continuava a controllare Maise, come se si aspettasse che lei facesse qualcosa.

Sedendosi a gambe incrociate a terra accanto al cane gigante, Maise gli grattò cautamente dietro le orecchie. Il pelo sembrava appiccicoso e un leggero odore di colonia maschile aleggiava intorno a lui: o la poltiglia in cui si era rotolato ne era intrisa, oppure il suo proprietario era un maschio. *E se il suo padrone fosse uno di quelli che si erano sciolti?* Le si strinse il petto e le lacrime le punsero gli occhi. «Sei preoccupato per il tuo padrone, bel cagnone?»

Lui sospirò, e un brivido gli percorse il lucido mantello grigio.

Gli altri cani si stancarono, finendo per sdraiarsi intorno a lei sul prato. Anche Maise divenne sonnolenta e si sdraiò sull'erba, desiderando di potersi togliere quel vestito così stretto. Si svegliò di soprassalto al suono della voce di Lora che richiamava l'attenzione lì vicino.

«Parleremo con ognuna di voi individualmente riguardo agli eventi di questa sera», disse Lora, rivolgendosi alle donne radunate. «Poi vi lasceremo andare a casa.»

Maise si avvicinò e Lora prese il guinzaglio di Pepper. «Grazie per esserti occupata di lei, Maise. Parlerò prima con te.»

Diverse donne borbottarono riguardo a presunti

favoritismi, ma Lora la condusse a un tavolino ai piedi delle scale del palco.

Maise legò i guinzagli degli altri tre cani alla ringhiera prima di unirsi all'amica. «Sai cos'è successo a Georgie? Non l'ho vista.»

La loro amica aveva organizzato l'intera asta, ma Maise non l'aveva più vista dal disastro. Sperava che Georgie fosse riuscita a scappare prima che la situazione prendesse una brutta piega.

Lora si massaggiò la nuca. «È, ah, su un'astronave con un principe alieno. L'ho intravista quando Zhiruto li ha chiamati con FaceTime, o come diavolo lo chiamano gli alieni.»

«Un'astronave?» sussultò Maise, guardando verso il cielo scuro. Il bagliore più debole dell'alba illuminava l'orizzonte. «Sta bene?»

«Sì, credo di sì. Zhiruto dice che non è in pericolo, almeno.»

Maise tornò a guardare l'amica. Era la seconda volta che Lora menzionava quel nome. Pensò all'alieno senza maglietta con cui Lora stava camminando prima. «Chi è Zhiruto? La tua guardia del corpo aliena?»

Lora arrossì. «Lavora per il principe. Io sono solo il suo contatto con l'NSA.»

Maise inarcò le sopracciglia. Condurre un'indagine con un tipo sexy a torso nudo era probabilmente come un appuntamento da sogno per Lora. «Ooh la la.»

Lora incrociò le braccia e si accigliò. «Ci sono più di una dozzina di alieni morti a pochi passi di distanza. Non è decisamente il momento di pensare ai ragazzi sexy.»

«Hai ragione», ammise Maise, abbassando lo sguardo colpevole. «Tutta questa faccenda è terribile.»

«Andiamo avanti con qualche domanda così posso lasciarti tornare a casa, d'accordo?»

Maise annuì.

«Ti sembra che tutti qui agiscano normalmente? Cerco qualcuno che sembri meno scioccato di quanto dovrebbe essere. O troppo scioccato. Qualcosa di strano.»

Maise rifletté per un secondo. «Penso che la gente si stia comportando in modo piuttosto normale. Heather non ha smesso di piangere. Meg è la solita prepotente di sempre. Suppongo che Tammy sia stata un po' più silenziosa del solito, ma penso che sia sotto shock. Ho sentito qualcuno dire che lei e il suo accompagnatore si stavano baciando quando è successo.» Guardò verso il punto dove sedeva la povera Tammy con le ginocchia sollevate e una coperta di lana sulle spalle. «Forse dovresti parlare con lei dopo, così può andarsene.»

«Grazie, Maise.» Lora si alzò. «Farò sapere alle guardie che sei libera di andare.»

«Grazie. Chiamami quando ne avrai l'occasione.» Maise radunò i cani e si diresse verso la guardia con i cellulari confiscati. Avrebbe messo il labradoodle e l'alano nei canili dello A Pelo Liscio finché non fosse riuscita a passare al rifugio a prendere in prestito lo scanner per i chip, sperando di poterli restituire ai loro proprietari.

Un uomo in abito scuro le mostrò le sue credenziali NSA, l'avvertì di non parlare con la stampa e le diede un numero da chiamare immediatamente se avesse iniziato a sentirsi male o in modo anomalo.

«Intende se mi sento come se stessi per sciogliermi in un grumo di gelatina? Perché sono quasi certa che nessuno abbia avuto il tempo di fare una chiamata prima di dissolversi.»

La guardia la guardò in modo inespressivo. «Se pensassimo che fosse in pericolo, non le permetteremmo di andarsene.»

Un'altra guardia ancora la scortò fino alla sua Jeep nel parcheggio e la lasciò a caricare i cani. Il retro della sua Jeep non poteva contenere tutti e tre i cani e dovette mettere il massiccio alano sul sedile del passeggero. Erano ormai le quattro del mattino e tutto quello che voleva fare era dormire. Si diresse verso lo A Pelo Liscio e si fermò all'ingresso di servizio. Con il richiamo di una manciata di croccantini, il labradoodle entrò trotterellando allegramente in un box. L'alano non si lasciò convincere così facilmente.

«Forza, bel cagnone.» Scosse una ciotola di acciaio inossidabile. «Non hai fame?»

Avrebbe giurato che lui avesse scosso la testa in segno di diniego mentre si sedeva sul pavimento tra le gabbie. Si sdraiò con la testa sulle zampe anteriori.

Bixby gli diede dei colpetti con il muso, poi iniziò a leccargli il viso. Maise si accigliò. Bixby non era un cane che leccava, ma era quello per cui era stato addestrato durante i suoi giorni di servizio per avvisare il proprietario di un imminente attacco epilettico.

E se fosse proprio la sostanza in cui si era rotolato a farlo stare male? «Oh, Dio. Bixby, no. Torna indietro.»

Spinse via lo sheltie. Doveva lavare via quella roba prima che l'alano venisse infettato più seriamente o che infettasse qualcun altro.

Tirando il guinzaglio, lo fece alzare e lo guidò attraverso l'area del canile fino alle postazioni di lavaggio. Fece saltare l'alano sul tavolo e fissò il guinzaglio, poi scivolò fuori dal suo vestito attillato. Non c'era nessun altro lì, e Ted non sarebbe arrivato prima delle nove.

Vestita solo con un reggiseno senza spalline e un paio di mutandine, aprì l'acqua.

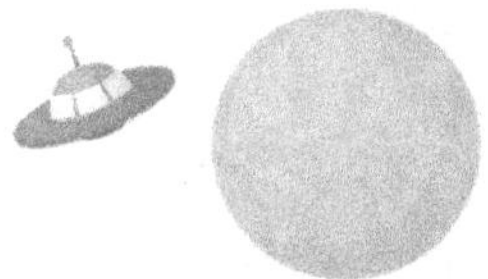

Iroth mancò il respiro alla vista della pelle nuda della femmina. Gambe lunghe, di un marrone dorato intenso. Un addome liscio e piatto con un ombelico dalla fossetta perfetta. Seni ritti coperti da un tessuto marrone che lui bramava scostare per poter contemplare ciò che vi era sotto. *Kuzara,* quanto avrebbe voluto non dover nascondersi dietro la sua forma attuale.

L'alano era stato un'ottima scelta per un travestimento, nonostante fosse difficile mantenere una forma quadrupede. Si era persino sentito un po' compiaciuto quando la guardia del corpo del principe lo aveva guardato dritto negli occhi per poi proseguire. Ma con il passare della notte, aveva cominciato a sentirsi poco bene. Tenere la sua matrice compressa in dimensioni ridotte faceva sì che il suo esterno perdesse fluido interstiziale, come una patina di sudore, e non riusciva più a schermare il suo Iki'i. Gli pulsava la testa e tremava per il bisogno di riprendere una forma più familiare.

«Va tutto bene, campioncino. Ti sentirai meglio dopo che ti avremo dato una ripulita», disse la donna di nome Maise mentre riempiva un secchio con acqua saponata.

Era felice che il traduttore universale sembrasse funzionare ora, ma nonostante le parole della femmina, percepiva la sua preoccupazione come un coltello. Maise era tanto gentile quanto bella. I suoi tocchi delicati dietro le orecchie e il tono rassicurante della sua voce gli facevano venire voglia di rannicchiarsi contro la pienezza del suo corpo e godere di lei in altri modi.

Lei gli versò dell'acqua calda sul collo e sulle spalle. Il sapone profumava di fiori d'agrumi scaldati dal sole, mescolandosi al suo muschio femminile mentre si chinava per strofinargli il mantello con un aggeggio rosso e bitorzoluto. Il suo tocco lungo la schiena e sui fianchi era così piacevole. In altre circostanze, avrebbe gradito simili attenzioni. Avrebbe ricambiato facendo scorrere i palmi sulle sue curve, leccando il punto tenero tra i suoi seni, avvolgendole le braccia intorno alla vita e stringendola a sé…

Kuzara. Il nucleo della sua matrice ribolliva, cercando di riprendere una forma meno faticosa. Aveva la bocca secca e gli sembrava che gli occhi potessero esplodere per il dolore crescente alla testa. Doveva espandersi, liberarsi dai confini di quel corpo quadrupede. La pressione era qualcosa che non poteva più negare, con o senza testimoni.

Con una scossa che gli percorse le spalle e scese lungo la colonna vertebrale fino alle gambe, lasciò che il mutamento si compisse.

«Ma che diavolo…» Maise lasciò cadere l'attrezzo bitorzoluto e fece un passo indietro finché le gambe non urtarono il tavolino alle sue spalle.

Lui si inginocchiò con entrambi i palmi piantati sulla superficie di acciaio inossidabile. L'acqua saponata colava lungo le sue braccia e le sue gambe, e lui fissò le proprie mani blu e artigliate, cercando di renderle più simili a quelle umane. Si era trasformato nel suo corpo Fogarian, una versione adulta di quello in cui era cresciuto, ed era, al momento, impotente nel tentare di assumere una forma meno familiare.

«Aiutami», disse fissando il tavolo. Se le avesse parlato guardandola direttamente, lei avrebbe visto le sue zanne, e non era certo di come avrebbe reagito.

Maise esitò solo un battito di ciglia. «Cosa posso fare?»

«Acqua», rispose. Sentiva la bocca arsa, e fu la prima cosa che gli venne in mente di chiedere.

Lui le lanciò un'occhiata furtiva mentre lei si affrettava verso una scrivania dove un monitor e una tastiera erano quasi sepolti da scartoffie. Si chinò per aprire un piccolo cubo sottostante e tornò con una bottiglia di plastica. Dopo averla stappata, gliela porse. «Ecco.»

Sollevò una mano per prenderla e quasi cadde faccia a terra quando l'altro palmo scivolò sulla superficie insaponata del tavolo.

Lei tese la mano e lo afferrò per la spalla, aiutandolo a restare in equilibrio. Si ritrasse altrettanto rapidamente, mentre la sua incertezza cozzava contro il suo Iki'i.

«Grazie», disse lui, continuando a non guardarla mentre si sistemava sui talloni e portava la bottiglia alle labbra. Il liquido fresco gli bruciò lungo tutta la gola riarsa.

Con la coda dell'occhio, vide lo sguardo di lei scivolare verso il suo grembo e si rese conto che i suoi genitali erano completamente esposti. Fortunatamente, i Fogarian erano simili agli umani nell'anatomia generale. Ma l'interesse di lei fece sussultare il suo sesso all'istante.

Lei emise un verso strozzato e la sua pelle dorata arrossì violentemente. Afferrando un panno vicino, se lo strinse sul busto seminudo, poi indicò l'erogatore del tubo flessibile a capo del tavolo. «Puoi sciacquarti, se vuoi», disse, afferrando un'altra manciata di panni. «E qui ci sono degli asciugamani.»

Detestando il modo in cui la sua mano tremava davanti a lei, lui afferrò l'erogatore. Si sentiva stordito, instabile. Voleva che lei lo vedesse forte e in pieno controllo. Premere l'impugnatura liberò uno spruzzo d'acqua calda, ma la sua spossatezza era eccessiva per reggersi. Lasciò cadere l'erogatore, lasciandolo rimbalzare contro il tubo con un clangore, e cadde in avanti appoggiandosi su una mano.

«Merda», sussurrò lei e fece un passo avanti.

L'acqua calda gli scivolò sulle spalle e sulla schiena. Chiuse gli occhi mentre le dita di lei si infilavano tra i suoi capelli ricci e accarezzavano le sue folte basette insieme allo spruzzo, aiutando a rimuovere i residui di sapone.

Lei ripose l'erogatore nel suo supporto e gli stese un asciugamano sulle spalle, strofinando delicatamente per asciugarlo. Il suo tocco era confortante. Ancor di più lo era la sua preoccupazione per lui mentre lo aiutava a scendere dal tavolo e ad avvolgersi l'asciugamano intorno alla vita.

«Per favore, dimmi cosa sta succedendo», disse lei. Sebbene la sua voce e le sue azioni sembrassero calme, lui percepiva il suo tumulto interiore, l'incertezza tremante di chi affronta l'ignoto. Dovette ammirare la sua forza.

Aveva intenzione di sgattaiolare via non appena lei gli avesse voltato le spalle, e non si era disturbato a inventare una storia di copertura, ma poiché era ovvio che avrebbe dovuto trascorrere ancora un po' di tempo con lei mentre si riprendeva, sapeva di dover inventare qualcosa in fretta: se avesse scoperto che era un contrabbandiere, l'avrebbe consegnato alle autorità.

Prendendo tempo, rispose: «Il mio nome è Iroth.»

«D'accordo, Iroth. Dobbiamo portarti da un medico.»

«No. I medici umani non possono aiutarmi. Ti prego, sono in pericolo. Nessuno deve sapere che sono qui.»

Lei aggrottò la fronte. «Perché?»

Si aspettava che fosse diffidente, sospettosa. Ma il suo iki'i percepiva solo confusione e preoccupazione. Un desiderio di dirle la verità lo pervase.

Ma soffocò l'impulso. Non importava quanto sembrasse comprensiva, una volta capito cosa fosse lui, gli si sarebbe ritorsa contro, proprio come tutti gli altri. La maggior parte dei *burendo* veniva individuata presto ed eliminata; lui era sopravvissuto essendo svelto di mano e di pensiero. E doveva farlo anche ora, se voleva continuare a sopravvivere.

Si concentrò intensamente per retrarre i denti appuntiti, rendendo il suo volto Fogarian il più umano possibile prima di incontrare lo sguardo di lei. Aveva sentito la donna che aveva intervistato Maise dire che c'era stato un tentativo di assassinio ai danni del principe. Forse avrebbe potuto usare quell'informazione per farla tacere. «Ero un'esca per il principe. Sospettava che potesse verificarsi un tentativo di assassinio.»

I suoi meravigliosi occhi verdi si spalancarono. «Perché non ti sei fatto avanti durante le indagini?»

«Mi è stato ordinato di non rivelare la mia vera identità a nessuno», mentì. «La famiglia reale non sa di chi potersi fidare.»

Lei si coprì la bocca; il suo turbamento era palpabile anche senza il suo iki'i. «La mia amica Lora sta aiutando una delle sue guardie del corpo. Pensi che sia in pericolo?»

Lui scosse il capo. «Sono certo che stia bene, fintanto che non sa nulla che possa compromettere il principe.»

Annuendo, lei gli offrì un altro asciugamano.

Lui avvolse quello asciutto intorno alla vita, meravigliandosi della facilità di quella conversazione. Non ricordava di aver mai incontrato nessuno di così intrinsecamente fiducioso, così innatamente *buono*, come quella femmina umana. Un senso di colpa gli risalì lungo la schiena, un sentimento che non provava da moltissimo tempo.

Ma se voleva sopravvivere, non aveva altra scelta che ingannarla. «Ho bisogno di un posto dove riprendermi finché non potrò tornare alla mia nave.»

Lei si morse il labbro inferiore e annuì. «Il mio appartamento è al piano di sopra. Puoi riposare lì per un po'.»

Lui esalò un sospiro di sollievo. «Grazie.»

Appoggiandosi pesantemente alla spalla di lei, uscì dall'edificio e salì una scala esterna, stringendo l'asciugamano intorno alla vita. Il suo piccolo quadrupede li seguì da vicino, soddisfatto che la femmina avesse interpretato i suoi segnali.

Entrarono nell'abitazione e lui crollò su un divano, notando appena lo spazio disordinato. Maise gli offrì un'altra bevanda e gli mise una mano sulla fronte.

Raramente si avvicinava abbastanza a qualcuno da farsi toccare, e chiuse gli occhi per la gratificazione. Era difficile pensare a nient'altro che a lei. Aveva sempre dato per scontata la sua naturale resilienza Kirenai. «Hai davvero bisogno di un medico. Sei sicuro che non ci sia nessuno che possiamo chiamare?»

Lui scosse il capo e ripeté: «Nessuno deve sapere che sono vivo.»

Sospirando, lei sfilò una coperta dallo schienale dei cuscini dietro di lui e ne rimboccò i bordi attorno al suo corpo. «Non posso credere di stare facendo questo.» Sorrise con ironia. «Non osare morire sul mio divano.»

Lui ricambiò il sorriso, gratificato dal fatto che lei riuscisse a trovare dell'ironia in quella situazione. Poi chiuse gli occhi e sperò di non risvegliarsi in una prigione militare della famiglia reale.

CAPITOLO
QUATTRO

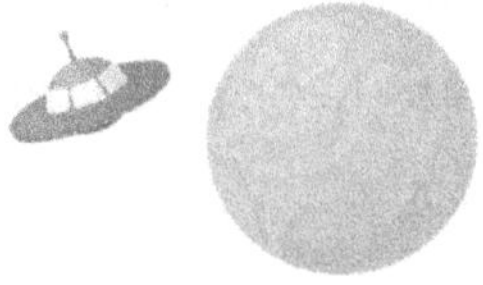

D a quando sua madre aveva iniziato a chiamarla «l'incantatrice di cani», Maise si era sentita portata ad aiutare ogni essere vivente: cani, uccelli, persino persone. E una cosa era certa: quell'alieno aveva bisogno del suo aiuto.

Lo guardò dormire a lungo sul divano. Era difficile credere che meno di un'ora prima avesse l'aspetto di un alano. Se non l'avesse visto trasformarsi proprio davanti ai suoi occhi, lei stessa non ci avrebbe creduto.

In quel momento non aveva affatto l'aspetto di un cane. I suoi lineamenti erano più larghi di quelli di un umano e leggermente appiattiti, e la sua peluria facciale blu scuro le ricordava le foto di suo padre negli anni Settanta, quando andavano di moda le basette folte. Sebbene le sue mani avessero cinque dita ciascuna, le unghie erano ricurve e affilate come artigli, e aveva una folta peluria simile a una pelliccia sul dorso delle nocche.

La sua attenzione scivolò più in basso, sopra la coperta che copriva a malapena le gambe nude e i fianchi avvolti nell'asciugamano, mentre ricordava altre parti della sua anatomia che aveva intravisto. Il fitto tappeto di peli blu scuro sul petto si assottigliava verso l'inguine, e riusciva ancora a immaginare l'imponente asta del suo membro che prendeva vita sotto il suo sguardo. Arrossì, rendendosi conto che anche lui l'aveva vista quasi nuda. Una breve fantasia su come sarebbe stato premere i loro corpi l'uno contro l'altro le attraversò la mente.

Scacciò l'immagine, chiedendosi cosa non andasse in lei. Raramente le piacevano gli uomini villosi, e quel tipo — no, quell'*alieno* — aveva quello che sembrava un vello su varie parti del corpo. Senza contare che fino a poco prima era stato un cane. Non avrebbe dovuto trovarlo minimamente attraente. Forse era perché profumava così maledettamente bene? Il profumo da uomo aleggiava ancora intorno a lui, un odore gradevole di pino muschiato, che le ricordava le passeggiate nei boschi. Aveva sempre trovato eccitante un profumo maschile di buona qualità.

Sospirando, tornò in punta di piedi in camera da letto, chiuse la porta e infilò un paio di leggings e una maglietta lunga. Poi si sedette sul bordo del letto, fissando il poster di viaggi più vicino appeso alla parete. E se non fosse migliorato? E se fosse morto? Ricordò con terrificante chiarezza il modo in cui il suo appuntamento si era trasformato in una poltiglia blu viscosa. Doveva aiutare Iroth prima che peggiorasse, finché aveva ancora un corpo da guarire.

Ma non aveva idea del perché potesse essere malato o se fosse collegato a ciò che era successo agli altri. Aveva bisogno di più informazioni. *Lora lavora con un alieno.* Forse la sua amica poteva offrirle informazioni utili. Maise avrebbe solo dovuto fare attenzione a non lasciarsi sfuggire nulla sull'alieno che aveva sul divano, nel caso l'NSA stesse intercettando i loro telefoni. Compose il numero di cellulare di Lora.

«Qui parla l'agente Lora Griffin del Dipartimento di Polizia di Springfield. Lasciate un messaggio e vi richiamerò.»

Maise sospirò e riattaccò. Molto probabilmente Lora era ancora sulla scena del crimine. L'avrebbe richiamata non appena ne avesse avuto la possibilità.

Cercando Bixby con lo sguardo, Maise si rese conto che la cagna era rimasta con Iroth. Lo sheltie somigliava molto a lei: si interessava alle persone e sentiva il bisogno di aiutare. Si erano incontrate quando l'addestratore di animali di servizio di Bixby aveva portato la cagna per la toelettatura. Un animale di servizio doveva rimanere concentrato sul proprio padrone, ma ogni nuova persona che varcava la porta attirava l'attenzione di Bixby. «Proprio non riesco a toglierle questo vizio», si era lamentato l'addestratore. «Ama troppo la gente. Credo che dovrò darla in adozione.»

«La prendo io», si era offerta Maise, per poi sussultare al pensiero della quota d'adozione. Ma era riuscita a racimolare i soldi. Sapeva solo che lei e Bixby si capivano a un livello fondamentale. Da allora erano diventate compagne inseparabili.

Aveva senso che Bixby volesse aiutare l'alieno quanto Maise. O quello, o lo sheltie si era preso una cotta per l'alano.

Ti capisco, amica mia. Quel pensiero fece sorridere Maise, ma tornò subito seria. Una controfigura per un principe sembrava il lavoro perfetto per un mutaforma — finché qualcuno non cercava di assassinarlo. In quel momento Iroth aveva l'aspetto del principe o era nella sua forma originale? «Che strano», mormorò.

Si alzò dal letto e socchiuse la porta proprio mentre il suo telefono iniziava a chiocciare come una gallina. Richiudendo rapidamente la porta, rispose: «Ciao, mamma.»

«Tesoro, ho lasciato la mia giacca a casa tua?»

La mamma non andava nel suo appartamento sopra lo A Pelo Liscio da oltre un anno. La sua demenza progressiva le rendeva difficile accettare che la clinica veterinaria che aveva gestito per vent'anni fosse ora relegata alla toelettatura e alla pensione per animali, per quanto Maise la rassicurasse che fosse una situazione temporanea.

Maise mandò un rapido messaggio a suo padre: Al telefono con la mamma. È confusa, mentre continuava a parlare con lei. «Tu e papà state andando da qualche parte?»

«È domenica, Maise», la rimproverò sua madre. «La messa inizia tra un'ora e io dovrei fare la lettura. Ecco perché mi serve la giacca.»

Si sta vestendo per andare a messa, scrisse Maise. «Ok, darò un'occhiata in giro. Hai fatto colazione?»

Ci fu una pausa mentre sua madre rifletteva. «Non ricordo.»

Maise sentì il mormorio indistinto di suo padre in sottofondo, e sua madre gli rispose: «Arrivo tra un minuto.» La sua voce tornò di nuovo al telefono. «Di cosa avevi bisogno, tesoro?»

«Hai risposto alla mia domanda.» Convincerla era stato facile, per una volta. «Grazie, mamma. Ti voglio bene.»

«Ti voglio bene anch'io.»

Mentre riattaccava, Maise si morse il labbro e fissò il telefono. «Sta peggiorando.» Suo padre non avrebbe potuto prendersi cura di lei da solo per sempre.

Ma quello era un problema per un altro giorno. In quel momento, c'era un alieno sul suo divano che aveva bisogno di aiuto. Compose il numero di Lora, ma scattò di nuovo la segreteria. Riattaccò e le scrisse un messaggio: *Chiamami.* Poi prese una coperta dal letto prima di tornare in soggiorno.

Bixby, acciambellata sul pavimento vicino alla testa di Iroth, la osservava. La punta della sua coda ondeggiò leggermente in segno di saluto.

«Brava cagnolina.» Maise stese la coperta più grande sopra la piccola copertina da viaggio, desiderando di potergli misurare la temperatura o altri valori vitali per capire cosa non andasse. Ma non sapeva quale fosse la temperatura normale per un alieno; figuriamoci il battito cardiaco o la respirazione. Sdraiato lì, sembrava abbastanza tranquillo.

Gli appoggiò il dorso della mano sulla fronte. Come prima, sembrava avere una leggera febbre per un essere umano, ma poteva essere la sua temperatura normale.

Per il momento, mise la bottiglia d'acqua alla sua portata, accarezzò Bixby dietro le orecchie e recuperò i suoi appunti del corso di tossicologia. Uno dei motivi principali per cui gli animali domestici avevano bisogno di cure urgenti era l'ingestione di qualcosa di tossico. Forse avrebbe trovato qualcosa di utile per Iroth nei suoi appunti.

Sollevò il poggiapiedi della poltrona reclinabile e iniziò a leggere. I suoi occhi, però, erano annebbiati e la sua attenzione continuava a spostarsi verso il divano. Osservò il petto di lui muoversi lentamente su e giù, rassicurata dalla regolarità del respiro. Lentamente, i suoi occhi si chiusero.

CAPITOLO
CINQUE

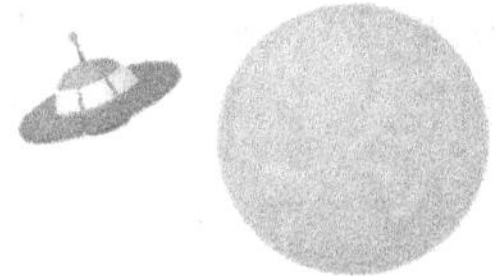

roth lottò contro sogni febbrili in cui indossava la tradizionale armatura di corteccia *happa* dei Kirenai ed era inseguito da un gigantesco *nezumi* ringhiante. Sognò di mutare forma, ancora e ancora. Tutto questo, mentre un paio di occhi verdi lo osservavano. Nel mezzo, si svegliò sentendo dell'acqua sulle labbra. Le mani gentili di una femmina e parole confortanti.

Non seppe per quanto tempo rimase lì disteso, lottando per mantenere coesa la sua matrice, ma alla fine schiuse le palpebre e le tenne aperte.

La luce del sole filtrava attraverso le stecche che coprivano una finestra vicina, bassa sull'orizzonte, e gli ci vollero diversi minuti per ricordare dove si trovasse. Sulla parete di fronte era appeso uno schermo multimediale con diversi cavi che scendevano verso piccoli apparecchi elettronici su un tavolo basso sottostante. Un mobile imbottito adatto a una persona sola era accanto a lui. Un'altra parete ospitava una serie di scaffali straboccanti di libri e, sul lato opposto della stanza, quattro sedie fatte di quelli che sembravano bastoncini circondavano un tavolino disseminato di libri e carte.

Spostò la coperta e si mise a sedere. Si sentiva come un *kuzara*, ma il martellio alla testa sembrava essersi attenuato. Il profumo di una femmina aleggiava intorno a lui, facendo sussultare il suo membro nonostante lo stato di debolezza. *Maise.* L'umana gli aveva messo addosso una coperta extra a un certo punto, e una bottiglia d'acqua lo aspettava sul pavimento accanto al divano. La svuotò prima di tentare di alzarsi.

Il quadrupede di Maise, Bixby, si alzò per salutarlo, spingendo il muso sotto il suo palmo. La cagna era premurosa quanto l'umana, e lui percepiva che cercava approvazione, così le accarezzò la pelliccia tra le orecchie a punta. Era mattina o sera? Non importava. Era tempo di andarsene.

Poi si rese conto che non poteva farlo. Appena se ne fosse andato, Maise avrebbe chiamato le autorità umane. Il che lo lasciava in una posizione sfortunata. Aveva bisogno che tutti credessero che fosse morto insieme agli altri. Per mantenere il suo segreto, doveva metterla a tacere. Non era un assassino, il che gli lasciava un'unica opzione: rapirla. *Varrebbe un sacco di soldi sul mercato nero.*

Un feroce istinto di protezione sorse in lui a quel pensiero. Gli umani venivano scambiati sul mercato nero galattico come riproduttori, e Maise meritava di meglio. Lo aveva soccorso, gli aveva dato rifugio senza esitazione, probabilmente gli aveva salvato la vita. Ma che *kuzara* ne avrebbe fatto di lei, se non l'avesse venduta?

Avrebbe escogitato qualcosa più tardi. In quel momento, doveva capire come portarla con sé.

L'abitazione sembrava estendersi oltre quella stanza, così si diresse a passi felpati verso il corridoio; il tessuto morbido sotto i piedi gli ricordò il muschio su Kirenai Prime. Non che ci avesse passato molto tempo, ma quando c'era stato, aveva sempre apprezzato la lussureggiante bellezza del pianeta natale della sua specie. Il pianeta di sua madre, quello della sua prima giovinezza, era fatto solo di rocce e licheni.

Raggiunse la cucina e la stanza sembrò girargli intorno, costringendolo a fermarsi con un braccio appoggiato a un armadietto. Bixby gli toccò la mano col naso come se cercasse di dirgli qualcosa, e lui si rese conto di essere affamato. Qualunque cosa fosse andata storta in lui gli aveva prosciugato le energie. Avrebbe avuto bisogno di sostentamento per raggiungere la sua nave.

Ma molte specie condividevano spazi comuni e lui non voleva sorprese; non poteva mangiare finché non avesse esaminato il resto del domicilio.

Oltrepassata la cucina, si diresse verso due porte aperte in fondo al corridoio. La prima era una camera da letto illuminata dalla luce filtrata da una finestra con le tende. Un grande materasso occupava gran parte dello spazio, e un cassettone contro la parete opposta aveva un cassetto socchiuso. Maise giaceva sopra le coperte, il viso rilassato nel sonno e una mano stretta sopra un taccuino.

Rimase sulla soglia, ammirando il naso ben delineato ornato da una gemma scintillante alla base di una narice, le sopracciglia marcate e le mezzelune perfette delle ciglia. Bramava far scorrere un dito lungo la linea tra le sue labbra piene, per vedere se fossero morbide come immaginava. Il suo sguardo scivolò giù, dove i capezzoli spuntavano come fari contro il tessuto sottile della sua maglietta giallo pallido. Le gambe ben modellate terminavano in piedi nudi, le unghie dipinte di un bordeaux profondo.

Ogni aspetto era mozzafiato, e il suo membro si mosse contro il tessuto ruvido dell'asciugamano intorno alla vita. Guardò in basso, improvvisamente imbarazzato del suo corpo fogariano. La sua forma assunta più naturalmente era anche quella che evitava di più. Vi erano legati troppi ricordi. E mentre Maise era stata curiosa nei suoi confronti, non ricordava di aver percepito attrazione da parte sua.

Gli si strinse la gola quando si rese conto di volere che lei lo desiderasse. «Renderebbe più facile portarla alla mia nave.»

Sbirciando nell'altra porta aperta, riconobbe la stanza senza finestre come un bagno. Cercò sulla parete vicina i controlli ambientali e trovò un paio di semplici interruttori che attivavano una luce e una ventola. Un ampio specchio copriva la parete dietro il lavandino.

Entrò rapidamente e chiuse la porta prima che Bixby potesse seguirlo. L'animale era intelligente, e Iroth preferiva apportare modifiche alla sua forma in privato. Fu immediatamente colpito dall'immagine di suo padre che lo fissava dallo specchio: lineamenti piatti, basette folte, arcata sopracciliare pesante. Fece una smorfia e si sporse più vicino allo specchio, notando che i suoi denti erano smussati, più simili a quelli di un umano che a quelli di un fogariano. Almeno era riuscito a nascondere le zanne.

Concentrandosi, ritrasse le basette cespugliose e il vello che gli copriva il petto, lasciando solo una calotta di capelli folti sullo scalpo. Mutò anche gli artigli in unghie piatte. Si appoggiò pesantemente al bancone, ansimando. L'effetto del cambiamento era stato quasi troppo da sopportare. Ma ora, quando si guardava, avrebbe potuto passare per umano, tranne che per il colore. La sua pelle era ancora di un verde petrolio profondo, con capelli e occhi blu scuro.

Guardò l'asciugamano che si apriva sotto i fianchi, mostrando una delle sue cosce muscolose. Spesso creava vestiti con i suoi travestimenti, trovando più facile alterarli che toglierli se doveva fare un cambiamento rapido. Ma era riuscito a malapena a darsi un aspetto vagamente umano. L'abbigliamento era fuori discussione al momento.

Una vestaglia rosa acceso era appesa a un gancio dietro la porta. Profumava di Maise intensamente quanto la coperta che lei gli aveva gettato addosso. Mantenendo l'asciugamano, infilò con fatica le braccia nelle maniche della vestaglia e legò la cintura. L'indumento era troppo piccolo per chiudersi sul petto, ma copriva la sua metà inferiore meglio dell'asciugamano.

Quando aprì la porta, Bixby era lì ad aspettarlo, con la coda che agitava. Perché quel quadrupede era così interessato a lui? Non avrebbe dovuto prestare attenzione a Maise? Le passò accanto e si diresse verso la cucina. Una volta mangiato qualcosa, si sarebbe sentito meglio.

Aprì un grande armadio ronzante che sembrava diverso dagli altri e scoprì la conservazione refrigerata degli alimenti. Perfetto. Gli articoli più familiari sarebbero stati i cibi integrali che richiedevano refrigerazione, piuttosto che quelli confezionati e a lunga conservazione che probabilmente si trovavano negli armadietti. Prese un rettangolo di plastica trasparente e aprì il coperchio, rivelando quella che credeva potesse essere materia vegetale mista a spezie. Una bottiglia di pasta rossa aveva un odore pungente, e un'altra conteneva il succo rosso acceso di un frutto aspro. Un alto cartone rettangolare sembrava contenere una secrezione mammaria di qualche animale. Aprì un cartone di cellulosa e scoprì due file di uova bianche, sospirando di sollievo. Le uova erano un alimento classico in tutta la galassia, con variazioni di sapore e consistenza.

Appoggiò il cartone sul bancone, chiedendosi a quale stadio di sviluppo fossero. Preferiva le uova cotte ed esaminò gli elettrodomestici finché non ne scoprì uno con serpentine che producevano calore sotto la superficie. C'erano diverse padelle di metallo in un armadietto vicino, così ne mise una a scaldare.

Poi notò Bixby in piedi in attesa davanti a un paio di ciotole di metallo vuote. Lui incrociò il suo sguardo e fece una piccola danza sulle quattro zampe, poi si immobilizzò di nuovo accanto alle ciotole, aspettando.

Lui sorrise suo malgrado. La sua danza era divertente. Intuendo che avesse sete, prese una ciotola e la riempì d'acqua al lavandino. Lei bevve a grandi sorsate, con la gratitudine che vibrava contro il suo Iki'i. Si sentì di nuovo un bambino, mentre nutriva a mano un cucciolo di *nezumi*. Soffocò il ricordo e tornò alla padella calda. *Non affezionarti.* L'attaccamento portava alla fiducia, e la fiducia portava al tradimento, anche se quel tradimento significava solo che uno di loro finiva sul tavolo da pranzo.

Rompendo un uovo nella padella, fu sollevato di scoprire che era in uno stadio di sviluppo pre-fertilizzazione, con un tuorlo dorato e un albume delicato che diventava bianco quando veniva riscaldato. Ne ruppe molte altre, mescolando leggermente e aggiungendo alcuni cristalli di cloruro di sodio che aveva trovato in una saliera lì vicino. Stava proprio facendo scivolare le uova su un piatto di ceramica quando una voce lo fece sussultare.

«Buongiorno.» Maise era in piedi accanto all'unità di refrigerazione e gli sorrideva. Il sollievo saturava lo spazio intorno a lei, insieme a un lieve umorismo mentre osservava la vestaglia rosa. Poi i suoi occhi salirono al viso di lui e un'ondata di attrazione lo investì. «Ti sei rasato.»

La sua soddisfazione lo fece sorridere a sua volta. Le piacevano i cambiamenti alla sua forma. Le tese il piatto. «Ti andrebbe un po' di uova?»

«Mmm, sarebbe fantastico. Grazie. Portale a tavola e io porto i piatti.»

Bixby fece di nuovo la sua piccola danza, con la fame che stuzzicava il suo Iki'i. Lui guardò le uova, non volendo condividerle. «Anche il tuo cane ha fame.»

Maise rise e aprì un armadietto basso accanto alle ciotole di Bixby. «Sono sicura di sì. Scusa, piccola, niente uova per te. Bixby mangia le crocchette.»

Non poté fare a meno di fissare il fondoschiena piacevolmente arrotondato di Maise mentre versava qualcosa da un sacchetto nel piatto vuoto, riempiendo la piccola cucina di un ticchettio metallico. Amava guardarla muoversi, percepire la comodità che emanava, la sicurezza di sé nel proprio spazio. Il modo in cui lo accoglieva lo rendeva felice.

Un'improvvisa ondata di vertigini lo travolse, e quasi lasciò cadere il piatto.

Lei lo afferrò e lo poggiò sul bancone dietro di lui. «Tutto bene? Va' a sederti. Porto io il resto.»

Lui annuì, vergognandosi della sua debolezza. La preoccupazione di lei per lui era come una pesante coperta che gli avvolgeva le spalle e il petto; un peso benvenuto che gli faceva venire voglia di rannicchiarsi e dormire di nuovo. Eppure, al contempo, stava colpevolmente elaborando un piano per usare la compassione di Maise per portarla sulla sua nave. Con il rimpianto che gli bruciava in gola, andò alle sedie e si sedette.

Lei lo seguì da vicino e scostò carte e libri per fare spazio ai piatti. «Scusa per il disordine. Ho studiato per i miei esami.»

«Che genere di esami?»

«Ho quasi finito la facoltà di veterinaria. Voglio aprire il mio studio qui sotto.» Divise le uova nei loro piatti e sparse dei minuscoli granelli neri sulle sue prima di prenderne un boccone. «Mmm, ottime uova.»

Ne prese un boccone anche lui, soddisfatto dalla consistenza cremosa e dal sapore ricco. Chiacchierarono di ciò che lei stava imparando. Lui non aveva mai finito la scuola, e trovava intriganti i suoi molti anni di dedizione allo studio. «Tutto questo solo per poterti prendere cura di specie che non sono la tua?»

Lei scrollò le spalle. «Sono cresciuta aiutando la mamma a gestire la clinica. Credo di aver passato più tempo con i cani che con la mia famiglia. Mia madre voleva davvero — vuole — che io diventi veterinaria.»

Lui annuì, percependo in lei un'amarezza che corrispondeva ai sentimenti verso la propria famiglia. «Credo di capire.»

Finirono le uova e lei si alzò. «Ne vuoi ancora?»

Lui mise la propria mano su quella di lei, sussultando per una scossa di consapevolezza al contatto con la sua pelle morbida sotto il palmo. «No, grazie. Ma devo chiederti di nuovo aiuto. Devo informare il principe di ciò che so.» Si odiava per quello che stava per fare, ma non aveva altra scelta. «Mi porterai alla mia nave?»

Lei si accigliò e si risedette. «Certo. Dov'è?»

«Vicino alla periferia della tua città. Nascosta tra gli alberi vicino a un enorme edificio che espelle vapore maleodorante.»

«La cartiera.» Lei annuì. «Posso portarti lì in auto, nessun problema. Sei sicuro di stare abbastanza bene per andartene?»

«Non importa. Devo lasciare la Terra immediatamente. So chi c'è dietro il tentativo di assassinio.» Strofinò il pollice sul dorso delle nocche di lei. Il suo Iki'i sentiva l'attrazione di lei per lui come una carezza. Ebbe una momentanea fantasia di sporgersi in avanti e assaggiare le sue labbra. Accarezzare la curva del suo seno—

La spirale interna della sua matrice ebbe uno spasmo e pulsò, come sull'orlo di perdere coesione. Ritrasse la mano da quella di lei, preoccupato di poter collassare nel suo stato di riposo proprio sotto i suoi occhi. «Devo andarmene il prima possibile.»

Le labbra di lei si assottigliarono e il rimpianto annodò lo spazio tra loro. Prese i piatti. «Cercherò dei vestiti per te e potremo andare.»

Mentre lei tornava in cucina, lui si impose di chinarsi a accarezzare Bixby per non essere tentato di guardare l'oscillare dei fianchi di Maise.

CAPITOLO
SEI

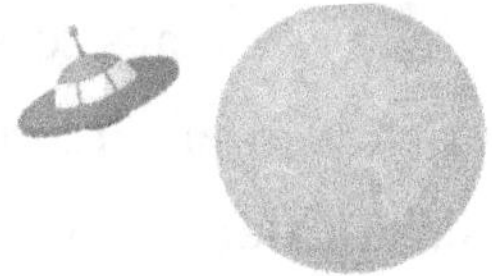

Maise accompagnò Iroth alla cartiera e parcheggiò proprio all'interno del recinto. Per fortuna gli operai dello stabilimento erano a metà turno e non c'era nessuno in giro tra le poche auto parcheggiate. Guardò verso il sedile del passeggero. Iroth aveva scambiato la sua vestaglia rosa shocking con una vecchia camicia di flanella macchiata di vernice e dei pantaloni della tuta, abiti che tiravano sulle braccia e sulle cosce muscolose. Un cappellino da baseball nero con il logo di A Pelo Liscio sulla fronte e degli occhiali da sole gli ombreggiavano il viso. Sembrava che l'alto alieno blu apparisse sexy a prescindere da ciò che indossava.

«Dove andiamo da qui?» chiese lei.

«Attraverso quegli alberi.» Indicò il bosco dall'altra parte della recinzione, una striscia di vegetazione che seguiva il fiume verso destra prima di inerpicarsi su colline scoscese.

Negli ultimi due giorni si era data un gran da fare per lui, preoccupata che potesse morire da un momento all'altro. Secondo il telegiornale, nessun alieno blu presente all'asta era sopravvissuto. Non era riuscita a mettersi in contatto con Lora o Georgie per un consiglio e odiava non sapere cosa fare per aiutarlo. Aveva persino preso in considerazione l'idea di chiamare il numero che l'agente della NSA le aveva dato; i social media erano pieni di terrore riguardo ad alieni venuti a vendicarsi dell'umanità per il massacro, e Iroth era l'unico a conoscere la verità su ciò che era accaduto.

Ma aveva resistito, ricordando quanto lui fosse stato irremovibile sul fatto che nessuno dovesse sapere che era vivo.

Quando lo aveva scoperto a preparare la colazione nella sua cucina, era stata felicissima. E nonostante la sua determinazione ad aiutarlo a fare rapporto al principe, si chiedeva dove sarebbero potute andare le cose se lui non avesse dovuto andarsene proprio ora. Era un così buon ascoltatore, e ogni volta che la toccava, sentiva un piccolo brivido di attrazione. Dopo la sua partenza, avrebbe fantasticato per settimane — forse mesi — sull'essere rimasta rintanata nel suo appartamento con un sexy alieno blu.

Devi tornare a lezione così potrai laurearti, si ricordò. Anche se, a dire il vero, non vedeva l'ora di legarsi a una clinica veterinaria per il resto della sua vita. Era andato bene per sua madre, ma Maise aveva sempre sognato di viaggiare. E dopo questo pizzico di eccitazione, il corso della sua vita le sembrava ancora più noioso.

Iroth scese dall'auto e si appoggiò allo specchietto, come se stesse per cadere.

La preoccupazione le divampò nello stomaco e si affrettò al suo fianco, infilandosi le chiavi nella tasca anteriore della felpa.

Lui incrociò il suo sguardo, i suoi occhi turchesi pieni di sofferenza. «Non volevo chiederlo, ma ti dispiacerebbe aiutarmi a camminare per il resto della strada? Non è lontano.»

Lei sospirò, aggrottando la fronte. «Spero proprio che tu sappia cosa stai facendo. Resta qui un secondo così faccio scendere Bixby.»

Aprendo il retro della Jeep, lasciò che lo sheltie saltasse giù, scegliendo di non usare il guinzaglio visto che non c'era nessuno nei paraggi a lamentarsi. La cagna aspettò pazientemente mentre Maise metteva una spalla sotto il braccio di Iroth, poi trotterellò accanto a loro mentre attraversavano il cancello verso gli alberi.

Iroth era a piedi nudi, perché nessuna delle sue scarpe gli andava bene, e camminava con cautela sul terreno accidentato. Il suo profumo l'aveva incuriosita fin dal momento in cui lo aveva incontrato, ma per qualche ragione ora era diventato decisamente sexy. *Forse perché si era rasato?* Più a lungo lo conosceva, più le sembrava attraente. Avrebbe persino potuto giurare che fosse più alto di quanto ricordasse all'inizio.

Seguirono il letto asciutto di un torrente e lei gli passò un braccio intorno alla vita per aiutarlo a scendere il pendio, sentendo lo stomaco sussultare quando le sue dita entrarono in contatto con i muscoli che premevano sotto la camicia troppo stretta.

Lui si fermò quando raggiunsero una radura, passandole un braccio intorno alle spalle. «Siamo arrivati.»

Le piaceva sentire il braccio di lui intorno a lei, aggiungendo quel contatto al suo repertorio di fantasie mentre gli stringeva la vita e si guardava intorno tra l'erba e le erbacce. A diversi metri di distanza, Bixby camminava avanti e indietro annusando il terreno. «Dov'è la tua nave?»

Iroth le tolse il braccio dalle spalle e toccò un punto del polso, parlando in una lingua che lei non capiva. L'aria al centro della radura vibrò e apparve qualcosa che somigliava alla crisalide di una farfalla viola.

Lei sussultò.

L'oggetto era grande quasi quanto un autobus urbano e poggiava con l'estremità appuntita leggermente sollevata rispetto alla base bulbosa. Un bordo si aprì come un petalo, formando una rampa verso il suolo, e lei si rese conto che non somigliava tanto a una crisalide, quanto a un bocciolo di rosa.

Lui sorrise, appoggiandosi di nuovo alla sua spalla. «Aiutami a salire sulla rampa.»

Il cuore le batteva forte contro lo sterno. Stava guardando una vera nave spaziale. Aiutando un vero alieno.

Bixby annusò la rampa, poi trotterellò avanti. Maise fissò con soggezione il pavimento e le pareti dalle venature delicate mentre risalivano il pendio.

All'interno dello spazio angusto, un piedistallo sorgeva dal pavimento al centro, dello stesso materiale color lavanda di tutto il resto. L'intero interno sembrava risplendere di luce soffusa piuttosto che provenire da apparecchi sospesi. Una fila di quattro sedili era modellata lungo una parete. Sfiorò il bracciolo di uno di essi, saggiandone la consistenza simile alla pelle. «Tutto sembra organico, fatto di foglie o qualcosa del genere.»

«Hai ragione.» Lui si spostò verso una console all'altezza della vita e fece scorrere le dita sulla sua superficie bitorzoluta. Luccichii multicolori apparvero tra le protuberanze e uno schermo su una parete si illuminò, mostrando gli alberi all'esterno. «La tecnologia più avanzata ha una componente biologica.»

Nessuno le avrebbe mai creduto se lo avesse raccontato. Doveva scattare delle foto. Ma quando cercò il telefono nelle tasche, ricordò di averlo lasciato in carica accanto al letto. *Maledizione.*

Il pavimento vibrò sotto i suoi piedi, come se lui avesse avviato il motore, e lei capì che era ora di andare. Mordendosi il labbro, gli mise una mano sul braccio. «Immagino che sia qui che ci diciamo addio.» Non sapeva perché, ma si sentiva triste al pensiero che non l'avrebbe mai più rivisto. «Se dovessi mai visitare di nuovo la Terra, cercami, okay?»

Lui si voltò verso di lei e indicò i sedili, con il viso ridotto a una maschera indecifrabile. «Per favore, siediti là.»

Un'ondata di dubbio la travolse. Si voltò verso la porta e scoprì Bixby che faceva su e giù nel punto in cui si trovava l'apertura. Maise si girò verso Iroth. «Cosa sta succedendo? Devi farci scendere!»

I suoi lineamenti rimasero calmi, una mano appoggiata sulla console bitorzoluta. «Mi dispiace doverlo fare. Ma se non ti siedi, sarò costretto a immobilizzarti.»

Lei infilò la mano nella tasca della felpa e strinse le chiavi, come Lora aveva insegnato loro al corso di autodifesa. «Provaci pure. Riesci a malapena a stare in piedi!» Ma mentre lo diceva, si rese conto di quanto fosse stata stupida. Aveva finto la propria debolezza. Era il trucco più vecchio del mondo, usato dai serial killer, e lei ci era cascata. L'unica cosa che avrebbe potuto funzionare meglio sarebbe stata se avesse affermato di avere un cucciolo malato a bordo. E fuggire da una nave spaziale aliena sarebbe stato molto più difficile che sfuggire al furgone per rapimenti di qualche maniaco. «Mi hai ingannata.»

«Sì, e me ne rammarico profondamente. Ora siediti.»

Lanciò un'occhiata a Bixby, che ora giaceva contro la parete, con un sommesso gemito che le usciva dalla gola come se implorasse di essere fatta uscire. *Alla faccia dell'istinto protettivo!* Maise odiò le lacrime che le velavano la vista. «Ma ti abbiamo salvato. Perché ci stai facendo del male?»

«Non ti farò del male. Ma se ti lascio qui, informerai le autorità. Tutti devono pensare che io sia morto insieme agli altri.»

«Non lo dirò a nessuno, lo giuro.» Pensò ai vari messaggi che aveva lasciato a Lora, ai vaghi accenni sul fatto che stesse succedendo qualcosa di strano.

I suoi occhi erano freddi come pietra. «Mi piacerebbe crederci, ma so come vanno queste cose.»

La gola le si strinse per un altro sospetto. «Sei tu l'assassino?»

Lui rivolse l'attenzione alla console. «No, ma non ha importanza. Io c'ero.»

Digrignando i denti, lei cercò di afferrare protuberanze e luci, colpendone quante più poteva e pregando che la porta si aprisse.

«Fermati.» Lui le afferrò il polso e fece una smorfia, mostrando denti appuntiti.

Lei inciampò all'indietro, con il cuore che sussultava per il terrore. Da dove erano saltati fuori?

Senza lasciarle il polso, lui avanzò di un passo. «Siediti.»

Il suo sguardo andò al polso, dove le dita di lui terminavano in artigli invece che in unghie. Era stato tutto un travestimento. Una facciata simile a quella umana per farla sentire a suo agio. Persino sul suo viso erano spuntati di nuovo i peli, anche se somigliavano più a una barba incolta umana che alle basette folte che aveva all'inizio.

Tremando, si lasciò cadere su un sedile. L'imbottitura l'avvolse come una poltrona a sacco difettosa, risucchiandola. Si divincolò, ma quella non voleva lasciarla andare. Sullo schermo, vide Lora apparire nella radura con Pepper che tirava il guinzaglio.

«Lora!» urlò.

Ma era troppo tardi. Non poté fare altro che guardare mentre il terreno si ritirava sotto di loro.

CAPITOLO
SETTE

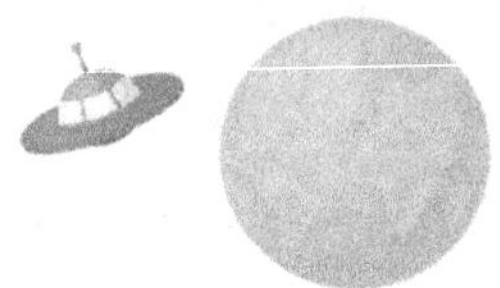

roth occultò la navetta e si lanciò in orbita verso la sua nave, inviando un messaggio criptato a Zhinko, l'IA del vascello, per avvisare che era in arrivo. Era rimasto sulla superficie troppo a lungo e i cristalli usati per il dispositivo di occultamento erano quasi esauriti. Mantenerlo operativo durante il movimento ne avrebbe consumati ancora di più, e lui sperava che ce ne fossero a sufficienza per nascondere la navetta finché non avessero raggiunto la nave.

Mentre uscivano dall'atmosfera per immettersi nel vuoto d'inchiostro dello spazio, lo stomaco gli si contrasse per il rimpianto di aver raggirato Maise, ma non aveva avuto scelta. Nessuno doveva sapere che era sopravvissuto. Non importava che non si fosse mai offerto come sicario: il suo nome era sulla lista degli ospiti dell'Agenzia di Incontri Intergalattica. Sarebbe finito in cima alle liste dei più ricercati della galassia se qualcuno avesse scoperto che era scampato al massacro, perché tutti avrebbero dato per scontato che la colpa fosse di un *burendo*. Proprio come quando aveva nove anni e lo avevano accusato di aver rubato i pranzi a scuola, o durante l'adolescenza, quando era stato invitato a una festa ed era stato accusato di aver abusato di una ragazza.

Sincronizzò i comandi della navetta con l'IA della nave e lasciò che il computer prendesse il controllo della manovra di rientro nella baia di carico, mentre quel ricordo orribile lo scavava ancora dentro. Aveva baciato quella ragazza una sola volta quella notte, durante un gioco. Il suo primissimo bacio. Ma qualcun altro aveva fatto molto più che baciarla. E nessuna sua parola avrebbe convinto le autorità che non era stato lui.

Peggio ancora, persino i suoi genitori avevano dubitato di lui. La loro delusione pesava più di quanto avesse mai immaginato possibile. «Non importa se sei stato tu o no, Iroth», gli aveva detto suo padre mentre lasciavano il centro di detenzione minorile. «Eri lì, e questo ti rende colpevole.»

Subito dopo, la sua famiglia si era trasferita. Di nuovo. Era come se la disperazione occupasse gran parte dello spazio nelle loro valigie. Quello era stato il momento in cui aveva deciso che, se doveva essere incolpato per aver infranto le regole, non aveva più bisogno di seguirle.

Iroth Sanoko doveva svanire nel nulla, e così doveva essere anche per Maise. Lei conosceva il suo nome, il suo aspetto nella sua forma più familiare, persino il suo odore: tutte cose che avrebbero potuto essere usate per rintracciarlo prima che riuscisse a procurarsi una nuova identità.

Davanti a lui, il vuoto stellato tremolò e un fascio di luce apparve quando i portelloni della baia di carico si aprirono. Quando la navetta si posò sul pavimento della baia d'attracco, le sue viscere ebbero un sussulto. Si strinse un braccio intorno all'addome. Nonostante il lungo riposo nella dimora di Maise, non si era ancora ripreso del tutto: aveva bisogno di tempo nella sua capsula di rigenerazione e forse di farmaci. Aprì il portellone della navetta e abbassò la rampa.

Ancora seduta sul sedile ribaltabile, Maise appariva cerea, con le labbra serrate in una linea sottile. Il suo *Iki'i* percepiva la nausea della ragazza, il che non aiutava il suo stomaco sottosopra. Schermò i propri sensi prima di rendersi ridicolo, vomitando la colazione. «Mi dispiace che il viaggio sia stato turbolento. Il dispositivo di occultamento interferisce con gli stabilizzatori della navetta. Ma ora abbiamo raggiunto la mia nave, e penso che la troverai piuttosto confortevole.»

Sebbene le circostanze non fossero ideali, era entusiasta di mostrarle il suo dominio. Aveva lavorato a lungo per permettersi un piccolo incrociatore di lusso tutto suo, e ancora più a lungo per equipaggiarlo con i più recenti motori FTL, tecnologia di occultamento del mercato nero e un servitore IA. L'IA era stata il miglior investimento di tutti, capace di prendersi cura della nave e di impedire che venisse segnalata per il recupero relitti se Iroth doveva assentarsi per incarichi prolungati. Quel vascello era il santuario di Iroth.

Liberando Maise dal sedile, le tese una mano per aiutarla ad alzarsi.

Lei la scacciò e lottò per alzarsi da sola. «Non toccarmi, stronzo.»

Lui sospirò, incapace di negare la rabbia della donna.

La voce dal tono pacato di Zhinko salì lungo la rampa. «Bentornato, Capitano.»

Avvicinandosi al portellone aperto, scorse il piccolo modulo nero a forma di uovo, che fungeva da "mani" di Zhinko a bordo della nave, sospeso alla base della rampa.

«Siete mancato più a lungo del previsto», disse Zhinko. «Volete che prepari un pasto per voi e per la femmina?»

«Non ora», disse Iroth. «Ho bisogno della capsula di riposo. Per favore, può prepararla per i protocolli diagnostici?»

«Certamente, Capitano.» Il modulo si allontanò ma rimase a fluttuare nelle vicinanze, pronto ad assistere con altri compiti mentre i processori principali della nave preparavano la capsula nella baia medica.

Maise era ancora ferma in cima alla rampa, con una mano dalle nocche bianche che stringeva il bordo del portellone. Bixby sedeva ai suoi piedi, appoggiato alla gamba di Maise e guardando verso l'alto come in attesa di istruzioni. Entrambi emanavano incertezza, anche se Maise generava anche paura e rabbia. «Ti prego, Iroth. Riportaci a casa. Non vuoi farlo davvero.» Lui comprendeva la sua disperazione, ma ormai non si poteva tornare indietro. Almeno poteva renderle il soggiorno il più confortevole possibile. «Ho riservato la stanza migliore per te.» Si batté la coscia in segno di invito, come aveva fatto lei quando si erano incontrati per la prima volta. «Vieni da questa parte.»

Bixby fece qualche passo giù per la rampa, poi si voltò verso Maise come per chiederle se stesse arrivando.

Maise rimase piantata all'uscita della navetta. «Non sono il tuo cane e non rispondo ai segnali manuali.» Si batté la gamba, richiamando Bixby al suo fianco. «Per favore, puoi almeno lasciarmi chiamare la mia famiglia? Se ci dici quanto vuoi, cercheremo di trovare i soldi.»

Gli si strinse la gola. «La tua famiglia non può fornirmi nulla di ciò di cui ho bisogno.» Risalì la rampa e le afferrò il braccio, usando tutta la sua volontà per trasformare i suoi artigli in unghie smussate. «Andrà tutto bene. Adesso vieni con me.»

«Ahi!» Maise cercò di divincolarsi. «Mi stai facendo male!»

Bixby ringhiò e Iroth guardò la cagna con sorpresa. Aveva le zampe ben piantate a terra e mostrava i denti. Era il primo segno di aggressività che percepiva da lei, e sebbene l'emozione fosse diretta a lui, approvava. Anche lui avrebbe usato zanne e artigli per difendere Maise se fosse stata minacciata.

Mollò la presa sul braccio e sollevò entrambi i palmi. Avrebbe voluto mostrarle la stanza di persona invece di lasciare il compito a Zhinko, ma l'instabilità nella sua matrice si faceva sempre più insistente. Del liquido interstiziale gli trasudava dai pori, come sudore. «Non volevo farti male. Forse sarebbe meglio se lasciassi che sia il mio servitore a scortarti.» Facendo un passo indietro, disse: «Zhinko, per favore, accompagni i nostri ospiti nei miei alloggi privati.»

L'uovo nero fluttuò in avanti. «Non c'è bisogno di usare i vostri alloggi personali, Capitano. Ho preparato una delle altre stanze in previsione del carico.»

Le altre stanze sulla nave erano alloggi adeguati, ma destinati ai servitori, con bagno in comune e senza schermi per la visione esterna. «I miei alloggi, Zhinko. E conceda loro ogni lusso che desiderino, ma nessun accesso ai sistemi centrali, alle comunicazioni o alla navetta.»

«Ricevuto, Capitano.»

«Cosa sta succedendo?» chiese Maise. «Cosa stai dicendo?»

Si ricordò allora che lei non aveva un traduttore universale. Avrebbe dovuto procurargliene uno non appena ne avesse avuto l'occasione. «Zhinko, per favore, acceda al file di traduzione universale 86LF7 e si presenti.»

L'IA ruotò su se stessa, come per rivolgersi ai nuovi arrivati. «Saluti, Maise e Bixby. Benvenuti a bordo», disse Zhinko nella lingua natia di Maise. «Il mio nome è Zhinko e sono onorato di soddisfare le Sue necessità. Se me lo permette, Le mostrerò ora i Suoi alloggi. Se ha fame, disponiamo di una cucina completamente attrezzata e sarei lieto di prepararLe un pasto eccellente.»

Mentre Zhinko parlava, Bixby trotterellò per il resto della rampa per girare intorno all'IA, guardando in su con la lingua che le pendeva da un lato della bocca.

Rassicurato dal fatto che almeno Bixby sarebbe stata felice, Iroth indietreggiò lungo la rampa mentre parlava a Maise. «Sei libera di esplorare ovunque, tranne il livello inferiore. La sala macchine è laggiù e potresti farti male.»

Detto questo, si voltò e si diresse a grandi passi verso la baia medica. Sentiva che le ossa avrebbero presto smesso di sorreggerlo e una foschia blu gli stava calando sulla vista. Sperava solo di raggiungere la capsula prima che Maise lo vedesse crollare.

CAPITOLO
OTTO

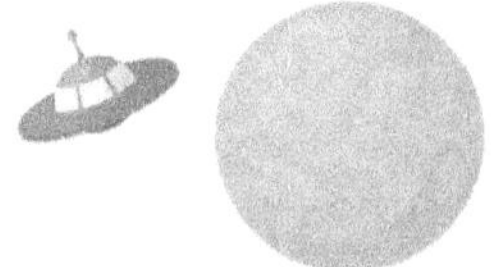

Maise seguì quella cosa che sembrava un uovo nero fluttuante lontano dalla navetta, attraversando una porta che dava su uno stretto corridoio viola. Bixby trotterellava proprio dietro di lei, contento come al solito. La reazione protettiva del cane quando Iroth aveva afferrato il braccio di Maise era durata poco, ma c'era da aspettarselo: Bixby non aveva un briciolo di sospetto in corpo.

Proprio come me, pensò Maise con disgusto. E guarda dove le aveva portate.

«Posso fare una telefonata?» chiese rivolgendosi alla schiena dell'uovo — dando per scontato che quella cosa avesse una schiena. O un davanti, se è per questo. «Dovrei far sapere ai miei genitori dove sono, e domani ho un esame che devo rimandare...»

«Mi dispiace, ma il capitano mi ha dato istruzioni di limitare il Suo accesso al sistema di comunicazione. C'è qualcos'altro che posso fornirle?»

«Che ne direbbe di una navetta per tornare a casa?» borbottò Maise, sapendo che era una richiesta inutile.

«Sfortunatamente, anche la navetta e i sistemi centrali della nave sono proibiti», rispose l'uovo, mentre un pannello nel corridoio scivolava aprendosi per rivelare un'ampia stanza con un letto basso coperto da una trapunta rosso scuro. Un'enorme finestra sopra la testata del letto si affacciava sull'oscurità vellutata e sulle stelle scintillanti.

Un momento di vertigine scosse Maise, che allungò una mano per sorreggersi allo stipite della porta. *Accidenti, sono davvero nello spazio profondo.*

Bixby smise di muoversi a sua volta, premendo il fianco caldo e peloso in modo confortante contro la gamba di Maise. Un tartufo umido diede una spintoncina alla mano libera di Maise.

Maise le grattò lo spazio tra le orecchie, cercando stabilità in quella sensazione familiare. Almeno la stanza era carina, non era qualche buco nel terreno da serial killer. Entrò lentamente. «Cosa intende fare Iroth con me?» chiese all'uovo.

«È sotto contratto per consegnare una femmina umana a un cliente nella fascia di asteroidi di Pudari.»

Un terrore gelido inondò Maise. Intendeva venderla? A chi? E perché? «Non ne ha il diritto! Non sono una schiava, e lui non mi possiede.»

«Dovrà affrontare la questione con il capitano. Io sono qui puramente per servire. Evidentemente la considera un esemplare di pregio, tuttavia. Non l'ho mai visto offrire i suoi alloggi personali a un passeggero.»

Lei diede un'occhiata alle opere d'arte che decoravano gli scaffali e le pareti. In una nicchia accanto a quella che poteva essere una scrivania c'era un trio di statue rosse e viola che sembravano coperte di piume, e sulla parete era appeso il dipinto di un tramonto rosso fuoco tra imponenti rocce scure che somigliavano a dita artigliate. Altre statuette e manufatti più piccoli erano sparsi sugli altri scaffali.

«Questi sono i suoi alloggi personali?» chiese, chiedendosi se avesse intenzione di dormire lì anche lui; solo perché pensava di venderla non significava che non avesse anche intenzione di assaggiare la merce.

«Certamente. Desidera vedere la nostra selezione di opzioni di intrattenimento virtuale?»

Non c'era verso che si mettesse comoda a guardare un film proprio ora. Doveva trovare un modo per scendere da questa nave finché c'era ancora una possibilità di raggiungere la Terra. «Ci sono altri membri dell'equipaggio a bordo?»

«Il capitano Iroth e io siamo l'intero equipaggio.»

Maise sospirò. Addio alla speranza di fare appello alla pietà di un membro dell'equipaggio. Dubitava di poter dire qualcosa a un uovo robotico per convincerlo a liberarla. *Forse posso far cambiare idea a Iroth.* Tutto ciò di cui Maise aveva bisogno era tempo e interazione per fargli cambiare idea.

«Dov'è Iroth?» chiese. «Voglio parlargli.»

«È nel suo baccello di riposo per riprendersi. Sembra che abbia incontrato qualcosa di velenoso sul vostro pianeta e necessiti di un protocollo di disintossicazione.»

«Veleno.» Aveva senso, considerando quanti alieni erano stati colpiti. Non si sarebbero resi conto che stavano mangiando o bevendo veleno finché non si fossero ammalati tutti. *O fossero morti.* Il cuore le martellò contro le costole quando le venne in mente un altro pensiero. «Cosa mi succederà se Iroth muore?»

L'uovo ruotò lentamente. «Non credo che abbia preso disposizioni per il suo contratto in caso di sua morte. Sarei obbligato per onore a consegnarla al nostro cliente al suo posto.»

Lei deglutì. Non c'era via d'uscita da questa dannata situazione? «Per favore, mi terrebbe informata sulla guarigione di Iroth?»

«Assolutamente.» L'uovo ondeggiò come se facesse un inchino. «Potrei suggerirle di unirsi alla sua compagna e riposare ora? L'avvertirò quando sarà ora di cena.»

Si guardò intorno e scoprì che Bixby era saltata sul letto e ora se ne stava lì con gli occhi chiusi.

«Traditrice», mormorò, e si voltò di nuovo verso l'uovo. «Va bene. Grazie.»

«Se dovesse avere domande, chieda pure e la assisterò.»

L'uovo fluttuò attraverso la porta, che si richiuse alle sue spalle.

Maise aspettò qualche minuto, poi si avvicinò alla porta, curiosa di sapere se fosse stata chiusa a chiave. Si aprì automaticamente al suo avvicinarsi.

La voce dell'uovo fluttuò nella stanza. «Ha pensato a qualcosa di cui necessita?»

«Oh.» Maise sussultò e si guardò intorno. Il corridoio fuori era vuoto. *Certo che ci sono delle telecamere.* Buono a sapersi. Ma almeno non era rinchiusa. Iroth aveva detto che era libera di esplorare. «Stavo solo dando un'occhiata in giro.»

«Molto bene.»

Tornata dentro, Maise andò verso la scrivania. Se quelle erano le stanze personali di Iroth, forse avrebbe scoperto qualcosa per aiutarla a convincerlo a riportarla a casa. Si pentì di non avergli fatto più domande durante la colazione di quella mattina. Era stato un ascoltatore così bravo, e lei non aveva fatto altro che parlare di se stessa.

Sciocca che sono stata.

Toccò il piano della scrivania e uno schermo virtuale si accese sopra di esso. Sullo schermo lampeggiavano simboli, nessuno dei quali era decifrabile. Passò ad esaminare gli altri oggetti sparsi per la stanza.

Le statue piumate le arrivavano alle ginocchia e somigliavano più a granchi a sei zampe rossi e viola che a uccelli. Gli scaffali ospitavano statuette di creature aliene e altre forme indecifrabili che sembravano fatte di pietre preziose. Una scatoletta conteneva quelli che sembravano pezzi di un puzzle, e una pianta dalle foglie minuscole rabbrividì quando la toccò, producendo una strana nota armonica che attirò Bixby al suo fianco, con la coda scodinzolante.

«Non so neanch'io cosa sia, Bixby.» La toccò di nuovo, questa volta creando una nota discordante. Un intero ramo tremò così violentemente che pensò potesse cadere, quindi decise che era meglio non toccarla più.

Aprì una porta e scoprì un bagno sontuoso con sanitari dall'aspetto sorprendentemente umano. Oltre a un ampio lavabo e un WC, c'era una doccia con quattro erogatori, e quando passò la mano su alcune protuberanze sul muro che sembravano comandi, i soffioni della doccia si accesero e un odore fruttato riempì l'aria.

Non avendo voglia di fare la doccia nel succo di frutta, tornò in camera da letto e guardò gli scaffali accigliata. Niente vestiti. Niente libri. «Perché non ci sono foto?»

La voce familiare dell'uovo rispose: «Abbiamo una selezione di foto nel database della nave.» Lo schermo virtuale sulla scrivania iniziò una presentazione di paesaggi. «C'è un luogo particolare che vorrebbe vedere?»

«Computer, è sempre in ascolto?»

«Io sono Zhinko, l'intelligenza di bordo della nave. È mio dovere anticipare le necessità di chiunque sia a bordo.»

Nessuna possibilità di aggirarsi furtivamente e trovare una via di fuga, allora. Il che lasciava solo la possibilità di convincere Iroth a lasciarla andare.

Maise si avvicinò alla scrivania e guardò le immagini scorrere.

«Ci sono foto di persone, Zhinko?»

«Conserviamo un database di foto dei clienti. Vorrebbe vederle?» Sullo schermo iniziarono ad apparire quelle che sembravano foto segnaletiche aliene. Occhi da insetto, pelle verde, nasi a fessura…

«Ha un'immagine del cliente che mi ha comprata?»

Le immagini in movimento si fermarono su un alieno che somigliava a una lucertola dalle scaglie blu. «Uragi Rhimono, un membro di spicco dei Senburu.»

Lei rabbrividì, contemplando cosa una creatura del genere potesse volere da una femmina umana. «Sa quanto mi ha pagata?»

«Non sono autorizzato a discutere le finanze del capitano.»

Naturalmente. «Ha delle foto personali? Tipo della famiglia o degli amici di Iroth.»

Lo schermo si oscurò. «C'è solo un'immagine storica di cui sono a conoscenza nel nostro database. Non ha etichetta.»

«Me la mostri, per favore.»

L'immagine di quella che Maise ipotizzò essere una famiglia apparve sullo schermo; un uomo blu con basette folte simili a quelle di Iroth quando le era apparso per la prima volta, una donna con capelli rosso fuoco e sopracciglia folte, e un bambino piccolo dalla pelle color ottanio tra loro, che mostrava i denti appuntiti in un sorriso. Dietro di loro incombevano rocce nere frastagliate che si alzavano come artigli dal terreno, come pronte a chiudersi sulle teste della famiglia.

«Sa dov'è stata scattata questa foto?»

«C'è una probabilità del novantotto virgola otto per cento che sia stata scattata alle Guglie di Tasigrad su Fogaria.»

Si sedette sulla sedia imbottita davanti alla scrivania. «Quelli devono essere i suoi genitori. Sa qualcosa su di loro?»

«No. Iroth non parla della sua famiglia.»

Guardò più da vicino il bambino, desiderando di sapere di più su di lui per poter costruire un legame di empatia. Quello era l'unico modo in cui sarebbe riuscita a convincerlo a lasciarla andare. Ma lui aveva una famiglia, e quello sarebbe stato un punto di partenza. La prossima volta che avrebbero parlato, sarebbe stata lei a fare le domande.

CAPITOLO
NOVE

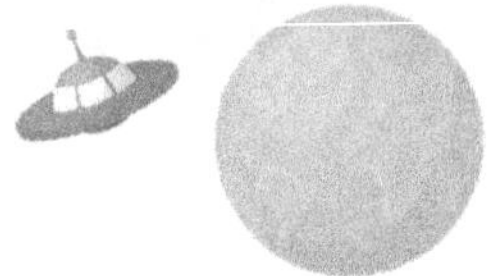

roth non riusciva a trovare riposo, nonostante la sensazione lenitiva del fluido rigenerante in cui era immersa la sua matrice. Aveva ascoltato le notizie mentre si riprendeva, ed era emerso che la tossina *Khensei* rilevata nel suo sistema dall'equipaggiamento diagnostico era la stessa che, secondo i rapporti, aveva ucciso gli ospiti all'asta.

«Siamo fortunati che abbiate evitato una dose letale», disse Zhinko. «Non ho voglia di dover cercare un nuovo proprietario.»

Incapace di rispondere mentre si trovava in stato di riposo, Iroth concordò in silenzio. Eppure, anche circondato dalle notizie del massacro, dalle speculazioni sulla salute del principe e dalla ricerca incessante dell'assassino, tutto ciò a cui Iroth riusciva a pensare era Maise.

Pensa che io sia un mostro. E non solo per averla rapita. Quando aveva raggiunto l'infermeria e aveva visto il proprio volto nel vetro riflettente sopra il bancone dell'infermeria, era rimasto inorridito nel notare che parti dei suoi lineamenti erano tornate alla forma fogariana, zanne incluse. Non c'era da stupirsi che fosse così terrorizzata quando lui le aveva afferrato il braccio. Doveva rassicurarla che non le avrebbe fatto del male. Il problema era che non aveva idea di cosa ne avrebbe fatto dopo.

Zhinko fluttuò nel suo campo visivo, accanto agli scaffali medici scarsamente riforniti. «La diagnostica indica che la vostra matrice è stata completamente purificata, Capitano.»

Iroth si ricompose in una struttura umanoide di base e si mise a sedere. «Per quanto tempo sono rimasto qui dentro?»

«Siete entrato nella capsula di riposo circa tre jiro fa.»

Tre jiro equivalevano a quasi sette ore del tempo terrestre. «Che cosa ha fatto Maise?»

«Ha guardato delle fotografie e mi ha chiesto di tradurre informazioni sulla cultura fogariana.»

Lo stomaco gli si contrasse. Stava decisamente cercando di capire che tipo di mostro potesse essere. Ricompose i suoi lineamenti nella forma umana che aveva assunto durante la colazione insieme.

«Volete che prepari un pasto?», chiese Zhinko con tono speranzoso. Per qualche ragione, l'IA si divertiva a cucinare, anche se non poteva mangiare, e Iroth teneva la nave ben rifornita di cibi freschi.

Maise ha apprezzato la nostra colazione di prima, pensò. Forse condividere un altro pasto avrebbe riportato il buonumore. «Sì, grazie. Si assicuri che tutto sia sicuro per gli umani.» Iroth ricordò l'insistenza di Maise affinché Bixby mangiasse qualcosa di speciale. «Ha una ricetta per delle crocchette?»

«Sarò lieto di trovarne una, Capitano.»

Alzandosi, Iroth lanciò un'occhiata al proprio corpo nudo. I vestiti che Maise gli aveva prestato giacevano in un mucchio sgualcito sul pavimento tra la capsula di riposo e gli scaffali dell'infermeria. Lei aveva trovato divertenti quegli indumenti, ma lui non voleva essere visto come un oggetto di divertimento. «Chieda al replicatore di prepararmi degli abiti umani. Maschili, comuni, senza ornamenti.»

«Ricevuto», disse Zhinko. «Vi avviso che siamo quasi giunti al punto di incontro designato nella fascia di asteroidi di Pudari.»

«Cosa?» Iroth si bloccò a metà strada fuori dalla capsula. Non aveva specificato una traiettoria quando erano fuggiti dall'orbita terrestre, quindi ovviamente Zhinko aveva proseguito con il piano originale di consegnare una femmina al loro cliente. «Faccia inversione. Tracci una rotta verso la stazione vicino a Sireta Prime.»

«Volete che prenoti un posto per la femmina presso il mediatore di servitù sulla stazione?»

«Lei non è in vendita», chiarì Iroth.

«Capisco.» Zhinko ondeggiò come se stesse riflettendo. «E per quanto riguarda il suo compagno?»

«No. Sono entrambi ospiti.»

«Ospiti!» Delle luci lampeggiarono sulla superficie scura di Zhinko. «Che delizia! Potrò finalmente utilizzare la mia programmazione per l'ospitalità come previsto.»

L'IA scivolò verso la porta. «Oh, cielo. Capitano, temo che i nostri ospiti si siano avventurati nel livello di ingegneria. Saranno qui tra…»

Maise e Bixby apparvero sulla soglia. Gli occhi di lei si spalancarono e il suo sguardo scivolò dal petto di lui fino all'inguine, per poi schizzare di nuovo verso l'alto. «Ci stavamo chiedendo, ecco, come stessi.»

Kuzara. Sembrava che fosse destino che lei lo vedesse nudo. Ma almeno non lo aveva visto nel suo stato di riposo. I suoi ricci scuri erano sciolti intorno al viso e una macchia di polvere le sporcava una guancia.

Mettendole entrambe le mani sulle spalle, la girò per ricondurla indietro e ringhiò: «Ti avevo detto di stare lontana da questo livello.»

Mentre la seguiva da vicino, si rese conto di essersi istintivamente reso più alto del normale, abbastanza da sovrastarla. Eppure la vicinanza di lei minacciava di travolgerlo. Il suo profumo inebriante gli ricordava l'odore muschiato dell'incenso di legno *amai*, un popolare afrodisiaco. Il suo membro si gonfiò, non più sotto il suo controllo.

«A quanto mi stai vendendo?» Gli scoccò un'occhiata sopra la spalla. «Voglio avere la possibilità di fare una controfferta.»

Lui smise di camminare. «Gliel'ha detto Zhinko?»

Lei girò la testa per guardarlo, mantenendo lo sguardo fisso sul suo volto. «Sì, e qualunque cosa mi succeda, voglio assicurarmi che Bixby sia accudita.» La sua voce restava ferma, ma l'ansia tremava contro il suo Iki'i. «Non lasciare che finisca sulla tavola di qualcuno o che venga usata per esperimenti medici o cose del genere.»

Lui si irrigidì. «Non permetterei mai a nessuno di fare del male a Bixby. O a te.»

«Ma mi stai vendendo a un uomo lucertola. Come fai a sapere che non farà qualcosa di orribile?»

«Non ti sto vendendo.»

Lei socchiuse gli occhi. «No?»

«Non ti ho comprata per il nostro cliente. Non possiedo il tuo contratto.»

Il suo volto si illuminò. «Quindi posso tornare a casa, allora?»

«No.»

Lo sguardo di lei scivolò ancora una volta verso il suo inguine, dove il suo membro era ormai in piena erezione, impossibile da ignorare. Sia il disagio che l'eccitazione sferzarono il suo *iki'i*. «Se non mi vendi e non mi porti a casa, che cosa ne farai di me?»

Lui non era sicuro della risposta. Sapeva solo che voleva coprire il corpo di lei con il proprio, sentire la morbidezza delle sue curve contro i suoi angoli. Non riuscì a trattenersi. Facendosi più vicino, la spinse contro la parete dello stretto corridoio. «Sei mia.»

Gli occhi verdi si sollevarono per incontrare i suoi, e lei sussurrò: «Mi hai appena detto che non sono la tua schiava.»

Ma non si dimenò e non cercò di scappare. Non lo respinse. Il suo respiro era rapido e affannoso, e la sua eccitazione era ormai così forte che poteva percepirne l'odore. Era confusa, agitata, e lui sentì che sarebbe bastata una piccola spinta per farla scivolare nella passione.

Inspirando profondamente, abbassò il mento finché le loro fronti non si toccarono e la fissò negli occhi. La sua erezione urtò contro lo stomaco di lei, e quel leggero sfregamento lo fece pulsare. I seni di lei erano due cuscini perfetti contro il suo petto. Persino le sue labbra sembravano morbide e assolutamente da baciare. Lentamente, abbassò la bocca verso quella di lei…

«I vestiti non sono stati di vostro gradimento, Capitano?» La voce di Zhinko lo riportò bruscamente al presente. «Posso programmare qualcosa di diverso, se preferite.»

Iroth si voltò di scatto verso l'IA fluttuante, che reggeva un paio di jeans blu e una semplice maglietta bianca, pendenti da uno dei suoi bracci estensibili.

«Questi andranno benissimo, grazie.» Iroth infilò rapidamente i pantaloni e si passò la maglietta elastica sulla testa.

«Torno in camera mia.» Maise gli passò accanto rasente al muro, con le mani infilate nella tasca anteriore della felpa.

«Sto preparando le crocchette per cena», si offrì Zhinko. «Ma non sono riuscito a decidere l'abbinamento per la bevanda. Ha qualche suggerimento, Maise?»

Maise si fermò e aggrottò la fronte. «Crocchette... per tutti noi?»

«Sì, su richiesta del Capitano.»

Iroth scosse la testa. «Intendevo per Bixby, non per noi.»

Zhinko scoppiò a ridere, un suono che Iroth non era certo di aver mai sentito prima. «Questo spiega perché è stato così difficile trovare una ricetta per crocchette per uso umano. Ora capisco. Modificherò il menu di conseguenza.»

L'unità si sollevò verso il soffitto e sfrecciò verso la cucina.

Bixby fece qualche passo saltellando dietro di essa, poi sembrò ricordarsi di sé e tornò al fianco di Maise, fissando il corridoio con desiderio.

Maise si diresse ulteriormente lungo il corridoio verso l'elevatore, con le spalle curve e le mani ancora in tasca. «Bene.» La sua gola ebbe un sussulto. «Grazie per aver pensato a Bixby.»

«Qualunque cosa possa fare per farti stare più comoda.»

Annuendo leggermente, lei si voltò e fuggì, con la cagna alle calcagna.

Iroth rimase nel corridoio finché lei non scomparve dietro l'angolo. Il suo corpo tremava ancora di desiderio. Lo aveva sentito anche lei, aveva alimentato il suo desiderio con il proprio. Non si poteva negare l'attrazione magnetica tra loro, che sarebbe solo aumentata più a lungo fossero rimasti sulla nave insieme. E *burendo* o meno, lui era ancora un Kirenai, spinto a compiacere una compagna sia a letto che fuori.

Non c'era motivo per cui dovessero negarsi qualcosa. Doveva solo conquistare la sua fiducia.

CAPITOLO
DIECI

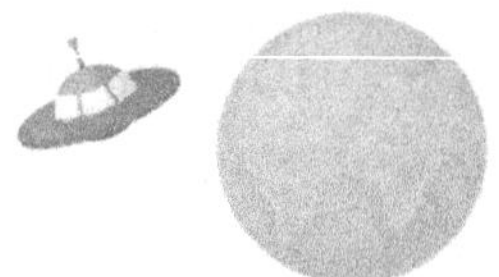

Che diavolo mi succede? si chiese Maise mentre si affrettava a tornare in camera sua. Aveva quasi baciato Iroth poco fa, nonostante tutto quello che aveva fatto. Non era rimasta lì abbastanza a lungo per sviluppare una sindrome di Stoccolma, vero? Il suo sguardo vagò sulla scrivania e sugli scaffali pieni di ninnoli prima di cadere sull'immenso letto con il suo copriletto di raso rosso. Aveva intenzione di raggiungerla lì, più tardi?

Sei mia. Le sue parole indugiavano in un angolo della sua mente, facendole pulsare l'intimità e accelerando il battito del cuore. Si immaginò mentre si lasciava cadere sul materasso, con il peso del corpo di Iroth tra le gambe. Il suo respiro sulla pelle. La sottile traccia della sua colonia che le inondava i sensi. L'enorme erezione che era stata premuta contro il suo ventre, ora invece serrata tra le cosce...

Si abbracciò stringendo le braccia intorno al petto. La sua stessa reazione a Iroth la spaventava più dell'evidente attrazione di lui per lei. Era delizioso nella sua forma umana, ma era apparso anche come una bestia pelosa con le zanne. Chi sapeva quali altre forme potesse assumere o quale fosse quella reale? *Scoparsi una bestia poteva essere divertente.* Porca miseria, a cosa stava pensando?

Come se percepisse il suo disagio, Bixby le diede una spintarella sulla mano con il muso.

Guardò in basso, nei caldi occhi marroni del cane. *Croccantini per cena.* Bestia o umano, lui era stato abbastanza premuroso da pensare a Bixby, il che lo rendeva ancora di nuovopiù attraente. «Penso di stare impazzendo.»

Chiudendo gli occhi, cercò di trovare un pensiero razionale, che non fosse avvolto da sentimenti e dall'intuizione. Seguire l'istinto l'aveva portata in questo pasticcio. Se non fosse stata attenta, avrebbe finito per fare qualcosa di cui si sarebbe pentita. *Pensa, Maise.*

La voce di Zhinko entrò nella stanza. «La cena sarà pronta a breve. Desidera rinfrescarsi? Abbiamo un'ampia selezione di capi d'abbigliamento nel nostro database del replicatore.» Lo schermo sopra la scrivania iniziò a far scorrere immagini di vestiti.

«Potete creare vestiti su richiesta?» Guardò sfilare un completo firmato composto da gonna a tubino e giacca.

«Tutto quello che desidera. Tuttavia, il nostro archivio di abbigliamento umano non è ancora completo. Le tendenze attuali della moda sulla Terra includono molti capi con scritte impresse, la cui compilazione richiederà del tempo.»

«Può fare un paio di jeans e un semplice maglione a dolcevita?» Pensò che fosse di classe senza essere sexy.

Una nicchia vicino al bagno si illuminò. «Questo è di suo gradimento?»

Maise recuperò un paio di jeans e un maglione viola scuro che al tatto sembrava morbido come il cachemire.

«Se preferisce qualcos'altro, chieda pure e lo creerò per lei.»

«Questo andrà bene, grazie.» Sfilò l'elastico dalla tasca e raccolse i ricci in uno chignon disordinato prima di sfilarsi i vecchi vestiti e indossare i nuovi. Mentre lo faceva, tenne d'occhio la porta, pregando che Iroth non si presentasse mentre era seminuda.

Un'intera parete si trasformò in uno specchio, senza preavviso. «Desidera esaminare il suo aspetto?»

Maise si irrigidì, momentaneamente scossa, poi si riprese e guardò il proprio riflesso. I jeans le fasciavano il sedere con precisione e il dolcevita accentuava le sue curve più di quanto avrebbe dovuto. *Alla faccia del non essere sexy.* Considerò di chiedere un set più abbondante, ma in quel momento la porta scivolò via.

Con il cuore a mille, Maise si girò di scatto, aspettandosi di vedere Iroth. Invece, era l'uovo di Zhinko a fluttuare lì. «È squisita! Sarebbe un onore per me scortarla in sala da pranzo.»

Maise non poté fare a meno del sorriso che le incurvò la bocca. L'IA si stava offrendo di farle da chaperon e proteggere il suo onore? Dubitava che il piccolo uovo potesse — o volesse — tenere testa a

Iroth in caso di necessità, ma averlo dalla sua parte era piacevole. «La ringrazio.»

Seguì l'IA dietro una curva in un'area aperta con una vista imponente sulle stelle lungo una parete. Un lungo tavolo adatto a otto o dieci persone era stato apparecchiato per due — uno a ciascuna estremità. Due ciotole in acciaio inossidabile erano posate sul pavimento vicino a una sedia, e Bixby trotterellò immediatamente verso di esse e iniziò a sgranocchiare quello che Maise poteva solo sperare fossero i croccantini promessi.

Iroth emerse da dietro un bar su un lato della stanza, portando due coppe da Martini riempite con un liquido rosa. Era ancora più bello di prima, sembrava un James Bond casual, in blu petrolio con una maglietta bianca che si modellava sul petto muscoloso e jeans a vita bassa sui fianchi. Le porse un bicchiere. «Ti andrebbe da bere?»

Lo accettò, annusando quello che sembrava vodka e succo di mirtillo. «È un Cosmo?»

«Se preferisci qualcos'altro, proverò a prepararlo.»

Strinse forte il bicchiere, chiedendosi se fosse una coincidenza che avesse preparato il suo drink preferito, o se l'avesse spiata. «Questo va benissimo, grazie.»

Lui indicò il tavolo con una mano. «Da questa parte.»

Lei lasciò che lui le scostasse la sedia e si sedette. Lui si spostò alla sedia all'altro capo del tavolo. «Ti piace guardare le stelle o preferiresti un'altra vista?»

«Non sapevo che la vista potesse essere cambiata.» Aveva evitato di guardare l'enorme schermo in camera sua perché la vastità dello spazio aperto le dava le vertigini.

Lui disse: «Qualcosa di più terreno, forse.» All'improvviso, la vista cambiò in grandi alberi punteggiati da rilassanti foglie blu e magenta. «La foresta di Kirenai Prime.»

Aveva appreso il nome della specie di Iroth da Zhinko, ma non aveva visto immagini del loro pianeta d'origine. Qualsiasi cosa potesse imparare su Kirenai avrebbe potuto aiutarla a convincere Iroth a lasciarla andare. Sorrise. «È bellissimo.»

Zhinko arrivò portando quello che sembrava un vassoio in bilico su due sottili braccia metalliche che sporgevano dal suo corpo a forma di uovo. «Ho pensato che potrebbe apprezzare delle tortine appena sfornate e una selezione di verdure arrosto e glassate. Tutte adatte agli umani.»

Un terzo braccio emerse da un pannello sulla sommità dell'uovo e posò tre minuscole tortine sul suo piatto insieme ad alcuni pezzetti verdi, gialli e arancioni coperti da una lucida salsa dorata. Poi l'IA scivolò verso Iroth e fece lo stesso per lui.

Rendendosi conto di essere affamata, Maise prese una tortina e ne rosicchiò un bordo. Il ripieno era saporito e delizioso, così divorò rapidamente l'intera cosa. Non era mai stata una fan delle verdure, ma avevano un buon profumo, così finì per mangiare anche quelle.

«Zhinko non ti ha offerto del cibo mentre mi stavo riprendendo?» chiese Iroth dall'altro capo del tavolo, con le sopracciglia sollevate.

Lei si immobilizzò, rendendosi conto all'improvviso che stava mangiando avidamente come un cane affamato. Deglutendo, si raddrizzò e posò la forchetta. «Sì, ma non avevo fame allora.»

Zhinko sfrecciò lì con un altro vassoio in mano, quasi facendolo cadere sul pavimento mentre l'unità si fermava bruscamente vicino alla sua sedia. «Oh, cielo. Ho permesso che patisse la fame. Sono stato un pessimo padrone di casa.»

«No, Zhinko, è stato meraviglioso. Solo che non mi ero resa conto di avere fame fino a questo momento.»

«Lei è la nostra prima ospite su questa nave, e temo di aver perso la mano con la mia programmazione di ospitalità.» Una delle braccia di Zhinko portò via il suo piatto mentre un altro braccio posava davanti a lei un nuovo piatto carico di quella che sembrava una bistecca e purè di patate viola. «Per favore, si goda la portata principale di stasera: filetto di *ijin'en* e *fahwe* mantecata con salsa al burro alle erbe.»

Le venne l'acquolina in bocca per l'odore invitante. «Ha cucinato davvero tutto Lei, Zhinko?»

«In origine fui programmato per prestare servizio di ospitalità su un transatlantico da crociera G'naxiano. Sfortunatamente, la compagnia non è più in attività.» Il tono dell'IA calò come se fosse triste, e Maise si chiese se i computer alieni avessero dei sentimenti. Avrebbe dovuto fare attenzione a come gli parlava d'ora in poi, per sicurezza.

«Si assicuri di lasciare spazio per il dessert», continuò Zhinko, questa volta in modo più vivace. «Ho preparato torta di *goviberry* e gelato.»

«Magistrale come sempre», disse Iroth, sollevando la forchetta. «Grazie, Zhinko.»

Maise guardò l'IA andarsene. Non le era stato fornito alcun coltello, ma la bistecca era abbastanza tenera da poter essere tagliata con il bordo della forchetta. Prendendo un piccolo boccone, quasi emise un gemito ad alta voce per la succulenza burrosa. Qualunque cosa fosse l'*ijin'en*, era delizioso.

Iroth sorseggiò il suo Cosmo, con gli occhi turchesi che seguivano ogni mossa. «Ti piace la tua stanza?»

Le si strinse lo stomaco e posò la forchetta. Sarebbe stato facile mettersi comoda lì, se se lo fosse permessa. «Quella non è la mia stanza.»

Lui abbassò lo sguardo sul piatto. Si vergognava? Sembrava determinato a tenerla prigioniera, eppure al contempo voleva compiacerla.

Si alzò e si avvicinò al suo lato della tavola, sedendosi accanto a lui. «Perché non mi lasci tornare a casa, Iroth? Non dirò a nessuno di te, lo prometto.

Ti ho aiutato sulla Terra. Non ho fatto troppe domande. Ti ho creduto sulla parola. Non puoi credere alla mia?»

Lui fissò il bicchiere. «Non credo tu capisca cosa c'è in gioco. Il principe sta cercando un assassino, e io sono l'ovvio colpevole.»

Fu come se le si accendesse una lampadina in testa. «La mia amica Georgie conosce il principe! Era sulla sua nave, a quanto ne so. E la mia amica Lora lavora con il suo capo della sicurezza. Una volta che avrò parlato con loro, scommetto che potremo convincere il principe ad ascoltare la tua versione della storia.»

«Basta», parlò con una tale durezza da farla rimpicciolire sulla sedia.

Lei deglutì, rendendosi conto solo ora che qualsiasi connessione potesse avere con il principe avrebbe potuto rendere Iroth più diffidente nei suoi confronti, non meno. «Io...»

«Io sono il cattivo e lo sarò sempre. Nessuno mi concederà mai il beneficio del dubbio, non importa con chi parlerai.»

Sentiva la mascella tremare e il bruciore delle lacrime dietro gli occhi. Il pensiero di non tornare mai più a casa, di non rivedere più i suoi genitori, di non finire mai l'università o di non ridere più con Lora e Georgie le faceva venire voglia di piangere. Ma arrendersi non era una cosa in cui era brava, altrimenti avrebbe abbandonato la facoltà di veterinaria anni prima.

Allungando la mano, toccò il dorso della mano di Iroth con la punta delle dita. «Non ti conosco da molto, ma non sembri uno che vuole essere cattivo. Capisco che pensi che io sia un rischio se mi lasci andare. Ma per favore, lasciami almeno chiamare mia madre? È malata e sono preoccupata per come se la caverà senza di me. Puoi ascoltare e fermarmi se dico qualcosa che non vuoi che dica. Ti prego.»

Era un tentativo disperato, ed era certa che lui stesse per dire di no. Ma poi lui si alzò, mise da parte il tovagliolo e si fermò accanto alla sua sedia. «Baciami e ti lascerò fare una breve chiamata.»

Lei trattenne il respiro. «B-baciarti?»

Lui sollevò un sopracciglio, con un luccichio malizioso negli occhi, come se la stesse sfidando.

«Pensi che non lo farò, vero?» Spostò indietro la sedia e si alzò su gambe instabili. Anche se la teneva contro la sua volontà, non pensava che fosse un mostro. Era solo spaventato e cercava di sopravvivere. Se un bacio le avesse permesso di chiamare sua madre, che male c'era?

Deglutendo, annuì. «Un solo bacio.»

CAPITOLO
UNDICI

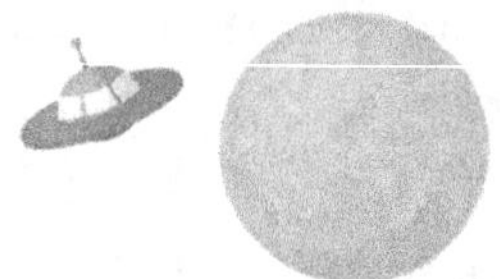

Usare la richiesta di Maise di chiamare sua madre come leva per ottenere un bacio era stato un colpo basso; persino un rinnegato come Iroth lo sapeva. Si era aspettato che lei lo rifiutasse. Che mercanteggiasse. E di certo si era aspettato che provasse disgusto.

Ma quando lei si alzò per affrontarlo, non percepì alcun disgusto provenire da lei. Al contrario, sentì un'anticipazione che eguagliava la sua. Riusciva a malapena a respirare. Permetterle di avere un contatto con la sua famiglia era probabilmente un errore, ma c'era qualcosa in Maise che gli faceva venire voglia di compiacerla, di aiutarla ad alleviare la sua tristezza, non importava quanto irrazionale e sconsiderato lo rendesse. Bramava di schiacciarla contro di sé, premere le labbra sulle sue, assaporare la sua dolcezza e sentire il suo calore.

Ma non lo fece. Rimase perfettamente immobile. Prendere un bacio non era la stessa cosa che riceverne uno in dono. Doveva essere lei ad andare da lui, non il contrario.

Lei incrociò il suo sguardo con il suo per quella che sembrò un'eternità, come se aspettasse che lui si muovesse. Il suo Iki'i percepì il crescente nervosismo della donna. Era delizioso quanto lo era stata, poco prima, la sua eccitazione.

Lentamente, lei gli mise entrambe le mani sulle spalle e si alzò sulle punte dei piedi per raggiungere la sua bocca. Le sue labbra sfiorarono quelle di lui. Un tocco piumato, a malapena più di un respiro.

Il suo controllo svanì.

Lui le cinse la vita con le braccia e la tirò a sé, abbandonandosi al bacio e passando la lingua sulle labbra di lei.

Lei sussultò, irrigidendosi momentaneamente. Ma i suoi capezzoli si indurirono contro il torace di lui. Le dita di lei si intrecciarono dietro il suo collo e la tensione abbandonò il suo corpo mentre si modellava contro di lui.

Lui fece scivolare un palmo lungo la colonna vertebrale fino alla base del cranio, inclinandola più vicino a sé. Aveva un leggero sapore di frutti di bosco, e lui spinse la lingua nella sua bocca con ampi movimenti. Lei rispose aprendosi di più e avvolgendo la lingua attorno a quella di lui mentre lui si spingeva più a fondo.

Oritzu, era deliziosa, inebriante. Irresistibile. Lasciò che l'altra mano scivolasse verso il basso per afferrarle il sedere piacevolmente arrotondato, premendo la sua erezione insistente tra i loro corpi. Era stato con delle donne in passato, ma non aveva mai provato alcun sentimento se non quello del rilascio. Maise gli faceva desiderare più del semplice rilascio. Molto di più. Bramava un legame. Un rifugio. Un posto sicuro dove riposare. Avrebbe dato qualsiasi cosa per sentire il calore di lei stringersi attorno al suo sesso, per spingere dentro di lei finché non avesse gridato di estasi.

Ma poi lei interruppe il bacio. Con voce affannata, disse: «Okay, ti ho baciato.»

L'intero corpo di lui era rigido per il desiderio. Non era sicuro di avere la forza di fermarsi. *Sei stato abbastanza depravato per una sera,* si rimproverò. Lei aveva soddisfatto la sua richiesta. Se avesse preso di più in quel momento, sarebbe stata la fine di ogni attrazione crescente che lei potesse provare per lui. Sarebbero stati compagni di nave per molto tempo, e non voleva che lei lo odiasse.

Allentando la presa, fece un passo indietro. «Un bacio. Una chiamata.»

Lei si inumidì le labbra e guardò in basso per sistemarsi il maglione. Poteva vedere le punte dritte dei suoi capezzoli persino attraverso la maglia soffice, e questo fece pulsare il suo sesso ancora più forte. Sarebbero rimasti insieme su quella nave per molto, molto tempo. Se non avesse controllato i suoi impulsi, alla fine avrebbe finito per fare qualcosa di stupido. *Come acconsentire a lasciarle fare una chiamata?*

Prese il suo drink e ne bevve un lungo sorso, mentre la realtà di ciò che aveva promesso gli scivolava addosso come un sudario. Ma un patto era un patto.

Sperando di non stare per commettere il più grande errore della sua vita, disse: «Zhinko, stabilisca una connessione con il sistema satellitare cellulare della Terra e inoltri una chiamata alla madre di Maise. Solo audio.»

Pochi istanti dopo, Zhinko disse: «Pronto, Capitano.»

Un trillo si ripeté tre volte prima che una donna rispondesse. «Pronto?»

«Ciao, mamma, sono Maise.» La voce di Maise era più acuta del solito, e lui socchiuse gli occhi, pronto a interrompere la connessione se lei avesse anche solo accennato a tradirlo.

«Oh ciao, cara», disse l'altra donna, la cui voce era una versione più matura di quella di Maise. «Volevi venire a cena da noi? Tua sorella è qui.»

Gli occhi di Maise sembrarono farsi lucidi mentre sprofondava di nuovo nella sedia. «Grazie, mamma, ma non posso. Io… ecco, sarò fuori città per un po'. Volevo farlo sapere a te e a papà.»

«Fuori città? E l'università?»

Altre voci in sottofondo sembravano curiose, e ci fu un po' di movimento prima che una voce maschile dicesse: «Dove vai, Maise?»

«Io… ho ricevuto un'offerta all'ultimo minuto per un programma di studio e lavoro all'estero. Sarò spesso irraggiungibile.» Lanciò un'occhiata verso Iroth.

Sapeva che lei sperava in future opportunità di chiamare, e si inumidì le labbra, incapace di smettere di pensare a ciò che lei gli aveva dato in cambio di questa.

Lei arrossì e distolse lo sguardo dal suo. Ma il suo Iki'i sentiva il desiderio di lei.

«Sembra interessante», disse un'altra voce femminile che lui ipotizzò fosse la sorella di Maise. «Dove andrai a studiare?»

Maise si schiarì la voce. «In un sacco di posti. Soprattutto fuori rete. Spero di poter lavorare con degli animali esotici.»

«Per quanto tempo starai via?» chiese sua madre. «E la clinica?»

La frustrazione circondò Maise come un turbine di polvere e lei si passò una mano sul viso. «Il mio responsabile se ne sta occupando, non preoccupatevi.»

Suo padre disse: «Vieni a cena per un addio prima di andare. Farò gli hamburger sulla griglia.»

«Non posso.» La tensione traspariva nella voce di Maise. «Sono già in viaggio. Ho dovuto cogliere l'occasione al volo, o l'avrei persa.»

«Oh, è proprio all'ultimo minuto!» Suo padre ridacchiò. «Spero che questo aiuti a soddisfare la tua voglia di viaggiare.»

La famiglia parlò ancora un po' dell'immaginario viaggio di Maise, e Iroth dovette riconoscerle il merito; era una brava narratrice. I suoi genitori sembravano felici del suo successo. Quando la conversazione finì, Maise stava lottando contro le lacrime, e lui stava ingoiando il senso di colpa.

«Okay, vi voglio bene, ragazzi», disse lei.

«Ti vogliamo bene anche noi», disse suo padre.

«Chiama di nuovo appena puoi. Non vediamo l'ora di sapere tutto», aggiunse sua madre.

Quando riagganciò, le sfuggì un singhiozzo. «Avranno il cuore spezzato quando non tornerò mai più.»

Iroth digrignò i denti. Aveva lasciato la propria famiglia senza una parola, e le poche volte che li aveva controllati, stavano benissimo senza di lui. Era stato un errore riaprire quella ferita per lei. Sarebbe stato meglio per lei non contattarli mai più. Meglio non ricevere mai il ricordo di ciò che si era lasciata alle spalle. «Hanno un'altra figlia di cui prendersi cura. Ti sorprenderà vedere quanto in fretta supereranno la tua perdita.»

Lei sollevò il viso arrossato e rigato dalle lacrime e lo guardò con rabbia. «Sei un bastardo, lo sai?»

Spingendo indietro la sedia, si alzò e si precipitò verso la porta con Bixby alle calcagna.

Zhinko entrò proprio mentre lei stava uscendo. «Non se ne vada ancora, ho portato il dolce!»

Ma lei scomparve senza dire una parola, lasciando la sala da pranzo vuota.

«Non ha bisogno del dolce», disse Iroth, svuotando ciò che restava del Cosmo di Maise e dirigendosi al bar per versarsi qualcosa di più forte. Sapeva per esperienza che avrebbe trovato poca gioia in qualsiasi cosa per un bel pezzo.

CAPITOLO
DODICI

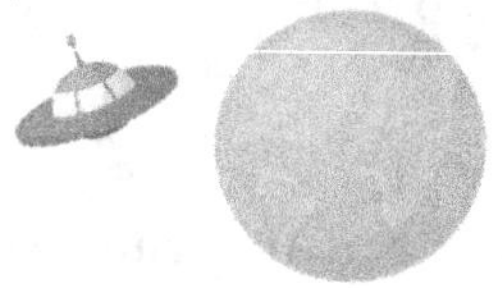

Maise faceva avanti e indietro per la camera da letto, con le lacrime che si rifiutava di versare a bruciarle dietro gli occhi. *Supereranno la tua perdita.* «Che stronzo.» Guardò Bixby; la cagna se ne stava vicino alla porta e la osservava camminare. «Non posso credere che l'abbia detto davvero.»

Forse era un mostro, per quanto lei volesse negarlo. Non importava quanto baciasse bene o quanto si prendesse cura di lei e di Bixby. La teneva prigioniera contro la sua volontà. E ora i suoi genitori non la stavano nemmeno cercando. Perché si era presa la briga di inventare una storia così plausibile? Erano entusiasti che finalmente potesse viaggiare. Se solo avessero saputo la metà della verità.

Guardò la finestra sopra il letto, osservando la fitta distesa di stelle nel nero assoluto. Sarebbe rimasta bloccata su quella nave per il resto della vita?

«Gah!» Afferrando una statuina verde scintillante, la scagliò attraverso la stanza con tutta la sua forza. Lasciò un segno sulla parete viola. «Vediamo quanto in fretta supererai questo, Iroth.» Aveva la sensazione che lui tenesse alla sua nave più di ogni altra cosa.

Sotto i suoi occhi, però, la parete danneggiata si ricompose come se non fosse mai successo nulla. Si avvicinò a grandi passi e raccolse la statuina. Anche quella era intatta, fatta di smeraldo o di qualche altra pietra altrettanto indistruttibile.

«Argh!» La lasciò cadere e si buttò all'indietro sul letto.

Bixby balzò su accanto a lei e appoggiò la testa sullo stomaco di Maise.

Accarezzò le morbide orecchie del cane e immaginò i suoi genitori e sua sorella seduti a tavola, a parlare delle avventure che sicuramente stava vivendo.

Quanto tempo sarebbe passato prima che iniziassero a preoccuparsi e chiamassero la polizia per iniziare le ricerche? Non che le autorità terrestri potessero fare molto, visto che era stata rapita nello spazio profondo. E immaginava che persino la polizia spaziale aliena potesse avere difficoltà a trovare una singola nave tra milioni di stelle.

Nei due giorni successivi, passò il tempo a sonnecchiare o a leggere, aspettandosi che Iroth si presentasse alla sua porta da un momento all'altro. Ma lui rimase alla larga. Zhinko, invece, era a sua completa disposizione. L'IA portava cibo e bevande, le insegnava a giocare a giochi da tavolo alieni e si rivelò persino un discreto conversatore. Imparò molto sui Kirenai, sui Fogarian e sulle molte altre specie senzienti che popolavano così tanti pianeti affascinanti. *Beh, volevi viaggiare.* Avrebbe mai davvero camminato su uno di quei mondi esotici?

Ma, arrivata al terzo giorno, si stancò di restare rinchiusa. Bixby era ancora più irrequieta. Maise fissò la porta chiusa, contemplando l'idea di uscire, anche solo per una passeggiata nei corridoi. L'unico timore era quello di imbattersi in Iroth. «Non puoi evitarlo per sempre», mormorò tra sé.

Prima che potesse fare un passo avanti, bussarono alla porta.

Il cuore le balzò in gola. Zhinko non si disturbava a bussare, il che significava che poteva essere solo…

La voce ovattata di Iroth disse: «Se hai finito di essere arrabbiata, vorrei mostrarti la sala olografica.»

Maise incrociò le braccia, poi sospirò e si fece avanti. La porta si aprì. Iroth era lì, con indosso una camicia a scacchi bordeaux sotto un gilet di pelle nera. Lei lo fulminò con lo sguardo. «Non smetterò mai di essere arrabbiata con te. Cos'è una sala olografica?»

Lui chiuse gli occhi e annuì una volta, come se stesse assorbendo le sue emozioni accese. «Un posto dove Bixby potrà correre.»

Le sue braccia incrociate si rilassarono leggermente. «Sarebbe carino.»

«Vieni, allora.» Si incamminò lungo il corridoio.

Esitò solo il tempo di un respiro profondo, poi lo seguì. La condusse all'ascensore che aveva scoperto durante le sue precedenti esplorazioni della nave. Entrò dopo di lui, tenendosi il più lontano possibile dall'altro lato della cabina. Bixby le restò vicina al ginocchio, una barriera pelosa tra loro. Il profumo di lui permeava il piccolo spazio, e lei si sforzò di continuare a guardare dritto davanti a sé invece delle sue ampie spalle e della mascella squadrata. Perché i suoi ormoni minacciavano di prendere il sopravvento ogni volta che gli era vicina?

Le porte scivolarono aprendosi, e lui uscì dalla cabina precedendola. La guidò attraverso una stanza piena di mobili dall'aspetto strano e una grande piattaforma che poteva essere una versione aliena di un tavolo da biliardo. Una porta nella parete di fondo si aprì automaticamente per lui, rivelando una stanza enorme con pareti curve e linee a griglia che le diedero un momento di vertigine. «Vieni qui», disse lui, indicando un punto accanto a sé. «Qual è il terreno preferito di Bixby?»

Maise si avvicinò lentamente, incerta sul perché glielo chiedesse. «Un campo aperto, immagino.»

All'improvviso, non erano più in una stanza. Erano all'aperto, in una pianura pianeggiante. Piccole foglie color mogano ricoprivano il suolo. Appena visibili nella foschia in lontananza, quelle che sembravano cime montuose aguzze si stagliavano contro il cielo azzurro, e un enorme sole rosso bruciava sopra le loro teste.

«Oh, cielo.» Maise guardò a bocca aperta la vasta distesa. Un vento caldo soffiò forte e, in lontananza, un branco di creature in corsa scomparve dietro una duna.

Bixby abbaiò felicemente e fece diversi passi in quella direzione, fermandosi per vedere se Maise volesse seguirla.

Maise disse: «È incredibile.» Alzò una mano e camminò in avanti, cercando di ricordare quanti passi l'avrebbero riportata alla porta. «Come fai a non sbattere contro le pareti?»

«Non incontrerai mai una parete. Il programma ha una funzione di looping e il pavimento è progettato per scorrere, così puoi avere la sensazione di camminare all'infinito. Quando avrai finito, di' semplicemente "fine programma".»

Il paesaggio scomparve.

Lei sorrise, la rabbia di prima evaporata sotto un bagliore di eccitazione. «Cos'altro può fare? Una spiaggia? Mi piacerebbe camminare su una spiaggia.»

Sabbia dorata e scintillante apparve sotto i loro piedi, lambita da dolci onde turchesi. L'odore di salsedine riempì l'aria, e un piccolo sole bluastro, che era poco più di una stella, creava una sorta di crepuscolo nell'intero cielo. Eppure faceva un caldo delizioso, che fece venire a Maise voglia di rimboccarsi i pantaloni e immergersi nel bagnasciuga.

Si chinò e raccolse una conchiglia bianca ricurva delle dimensioni di un'unghia. «Accidenti, sembra vera.» Guardò Iroth. «Cosa succede se provo a portarla fuori di qui?»

Lui sorrise. «Non puoi. Questo è semplicemente un programma di immersione sensoriale. Niente è reale. Puoi nuotare nell'acqua e, quando te ne andrai, sarai completamente asciutta.»

Lei rise e fece un passo tra le onde, inzuppando le scarpe da ginnastica in un'acqua calda che sembrava verissima. «Vieni, Bixby.» Chinandosi, si sfilò scarpe e calze, desiderando sentire la sabbia sotto i piedi. «Corriamo!»

La cagna abbaiò una volta e si tuffò gioiosamente nell'acqua. Insieme, partirono di corsa lungo la spiaggia. Era così bello correre, respirare l'aria calda e salmastra. Continuava ad aspettarsi di andare a sbattere contro il muro, ma Iroth aveva ragione.

Corse e corse, con Bixby che zigzagava su e giù per la spiaggia davanti a lei.

Iroth le corse dietro, sorridendo e visibilmente compiaciuto del fatto che lei si stesse divertendo. «Puoi venire qui ogni volta che vuoi. Ci sono molti mondi programmati nel nostro database.»

Lei si fermò e si scostò i capelli dagli occhi, respirando faticosamente. Il sudore le imperlava i fianchi sotto la felpa. Ricordando la foto di lui con i suoi genitori, chiese: «Mi mostrerai Fogaria?»

Il suo sorriso si spense. «Perché vuoi andarci?»

«Ho visto una foto tua e dei tuoi genitori lì.»

La sua bocca si contrasse in una linea sottile. «Dove hai trovato questa foto?»

«Nel database della nave…»

«Zhinko, cancelli la fotografia.»

«Aspetta, cosa? No!» Lei gli afferrò il polso.

«Il mio passato è morto», disse lui a denti stretti, con i tendini del collo tesi come corde. L'angoscia nei suoi occhi le fece stringere il cuore. Cosa era successo per renderlo così disperato da voler abbandonare il proprio passato?

Gli strinse il polso con più forza. «Perché sei così determinato a sbarazzarti di tutto quello che ti lega al tuo passato? Dimmi la verità, Iroth. Sei tu l'assassino?»

«No.» Le sue narici vibrarono mentre la guardava in viso.

«Allora perché sei così disperato di scomparire?»

Lui liberò il braccio dalla sua presa e si voltò a guardare le onde. «Quando mi sono separato dai miei genitori, ho accettato un lavoro come trasportatore di merci nei bassifondi della stazione di Sireta.» Raccolse un sassolino e lo lanciò nell'oceano. «Era un lavoro massacrante e la paga era terribile, ma ero giovane e disperato. La maggior parte di noi che lavorava lì lo era. Il nostro supervisore era come un padre per noi. Ci proteggeva e ci dava rifugio. Anche quando scoprì che ero un *burendo*, mi trattò con rispetto e giurò che, finché avessi lavorato per lui, non avrebbe mai rivelato il mio segreto. Ma un giorno suo figlio fu catturato a rubare dalle consegne.» Il suo labbro superiore si arricciò in un ghigno. «La cosa successiva che seppi fu che ero in una cella di detenzione a scontare la pena mentre suo figlio era libero.»

«È terribile! Ti ha incastrato?» Maise scosse la testa. «E cos'è un *burendo*?»

Iroth tese una mano. La pelle color verde acqua sfumò nell'oro, poi in un'ocra profonda fino a dove il bicipite scompariva sotto la manica. «La maggior parte dei Kirenai può assumere la forma di qualsiasi specie della galassia, ma non il colore. Io posso fare entrambe le cose. Sono una mutazione. Un mostro.»

«Perché cambiare colore dovrebbe farti sembrare un mostro?» Esaminò il suo braccio con soggezione. «Io direi che è maledettamente forte.»

«Non è così che ci vede la galassia. I *burendo* sono pericolosi. Imprevedibili. Inclini al crimine.» Il suo braccio riprese il colore verde acqua e lui lo lasciò ricadere lungo il fianco.

Lei scosse la testa. «Ma questo non significa che abbiano ragione. La gente dice che i pitbull e i rottweiler sono intrinsecamente aggressivi, ma sono forti, leali e protettivi, e un sacco di altre cose meravigliose se si insegna loro a usare quelle qualità per il bene. Certo, possono essere addestrati a essere cattivi, ma questo vale per qualsiasi cane.»

Le sue narici si dilatarono e lui esalò un forte respiro. «Mi stai paragonando a un cane?»

Lei arrossì, rendendosi conto che era esattamente quello che aveva fatto, persino dopo aver fatto una scenata sulla navetta dicendo di non essere la sua cagna. «Sto solo usando un esempio di come il DNA non definisca chi siamo dentro. Voglio dire, guarda Bixby. Gli Sheltie non sono noti per interessarsi a nessuno tranne che ai loro padroni, ma lei fa amicizia con tutti quelli che incontra.»

Lui sollevò un sopracciglio. «L'hai fatto di nuovo.»

Lei alzò le mani, sentendo il calore sul viso intensificarsi. «Mi dispiace, ma i cani sono ciò che conosco, d'accordo?»

Lui sorrise. «Ti perdono. Ma se dovessi fare l'errore di usare di nuovo uno dei tuoi segnali per cani, non potresti arrabbiarti.»

Lei strinse le labbra, cercando di non ricambiare il sorriso. «Posso farlo se ti comporti da idiota.»

«Affare fatto.» Il suo sorriso divenne pigro e le scostò un ricciolo ribelle dietro l'orecchio.

All'improvviso, il modo in cui i loro sguardi erano connessi sembrò vivo di scintille, e a Maise mancò il respiro. Era abbastanza vicino da baciarla, se avesse voluto. *O perché lo baciassi io.* Peccato che baciarlo fosse l'idea peggiore del mondo, anche se non fosse stata tutta sporca e sudata sotto la felpa per la corsa in spiaggia.

Fece un passo indietro e cercò la sua cagna. «Nasconderti come stai facendo ti fa sembrare colpevole. Dovresti farti valere. Garantirò io per te, se mi lasci tornare a casa.»

Lui emise un pesante sospiro. «Non servirebbe a nulla. La galassia mi guarda solo con paura. Non posso rischiare di essere collegato al massacro. Il che significa che non posso lasciarti tornare a casa. Mi dispiace.»

L'amarezza riprese il suo posto nel cuore di lei, ma almeno ora capiva da dove venissero i suoi timori. Si batté sulla coscia e Bixby accorse trotterellando. «Vieni, piccola, è ora di andare. Fine programma.»

Il paradiso della sala olografica svanì in un istante. Mentre lasciava la stanza, sentì lo sguardo di Iroth sulla schiena come quello di un uomo che stesse annegando e gridasse aiuto. Ma non poteva aiutare chi non era disposto ad aiutarsi.

CAPITOLO
TREDICI

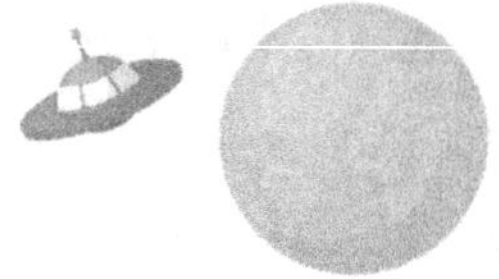

Dopo che Maise se ne fu andata, Iroth rimase solo nella stanza spoglia e squadrata, con il cuore a pezzi. Innocente o no, era un mostro. Un reietto. Una creatura evitata da chiunque lo incontrasse.

Maise non la pensa così.

Lei voleva che lui si facesse valere. Si era persino offerta di testimoniare per lui.

Scosse ferocemente la testa, scacciando l'esitazione. Gli avevano già mentito in passato. Farsi avanti avrebbe significato solo la sua morte. Non importava chi avesse parlato per lui, il principe non gli avrebbe mai creduto, per non parlare del resto della galassia. Nessuno credeva a un *burendo*, men che meno uno che si trovava sulla scena del crimine.

Eppure, una certa tenerezza per questa femmina umana si era insinuata nella sua risolutezza. Impostò i sistemi della nave sul ciclo di rotazione della Terra e, nei giorni che seguirono, guardò il telegiornale con lei, sperando contro ogni speranza che qualcuno catturasse l'assassino. Se il colpevole fosse stato preso, avrebbe respirato un po' più agevolmente. Forse avrebbe persino riportato Maise dalla sua famiglia, anche se tutto il suo essere si opponeva a quell'idea per tutte le ragioni sbagliate. Non riusciva a fare a meno di lei.

Col passare del tempo, lei sedeva più vicina. Lo toccava più spesso. Rideva persino alle sue storie, quando non erano troppo cupe. Fu sorpreso dal numero di ricordi affettuosi che riusciva a richiamare, incoraggiato dal suo dolce sorriso e dalla sua risata contagiosa. Adorava la sua risata. Viveva per la lucentezza dei suoi occhi. E il suo Iki'i percepiva un affetto crescente che lui bramava rendere permanente.

Trascorsero molti giorni nella suite olografica, esplorando mondi diversi. Scoprì che le piaceva conoscere culture e arte, e le mostrò i manufatti che decoravano la sua stanza, spiegandole come li avesse scoperti. Lei condivise il suo amore per gli animali mostrandogli documentari della Terra. In cambio, lui le aprì la galassia mostrandole la rete galattica, piena di più informazioni di quante ne avrebbe mai potute consumare.

Quando li raggiunse la notizia di un matrimonio reale, sedettero l'uno accanto all'altra su un soffice divano per guardare la sua amica fare la sua prima apparizione pubblica al braccio dello stesso principe Arazhi. Maise aveva le gambe incrociate sui cuscini, il ginocchio che toccava la coscia di Iroth. Ogni volta che lo sfiorava, lui non riusciva a pensare ad altro che ad attirarla ancora più vicino. La osservava mentre lei guardava lo schermo, con gli occhi che brillavano di eccitazione.

Si coprì la bocca con entrambe le mani. «Oh, mio Dio. Non riesco a credere che Georgie stia sposando un principe.» Maise si sporse in avanti e indicò un'altra donna con i capelli ramati sullo sfondo. «Guarda, c'è anche Lora!» Sospirò. «Vorrei poter essere lì.»

Sebbene lei non l'avesse espresso come una richiesta, lui avvertì comunque un cedimento nella sua risolutezza. Voleva darle tutto.

«Ti piacerebbe chiamare di nuovo la tua famiglia?» chiese.

Lei si voltò verso di lui, con gli occhi spalancati. «Davvero?»

Lui annuì. «Sii solo prudente con quello che dici.»

Terminato il matrimonio, spense lo schermo e fece inoltrare la chiamata a Zhinko. «Solo audio, per favore.»

Al primo squillo, rispose suo padre. «Maise? Grazie al cielo hai chiamato. Sono in ospedale con tua madre. È caduta e ha battuto la testa.» La sua voce si incrinò. «I dottori dicono che non promette bene.»

Un'ondata di terrore e dolore travolse il cuore di Iroth, e il viso di Maise divenne cinereo.

Bixby guì e le leccò il dorso delle nocche bianche che stringevano il bordo del sedile.

«Alison è lì?» chiese lei.

«Sì. Ce la fai a tornare? Potrebbe essere...» la voce di suo padre si spezzò di nuovo, «l'ultima occasione che hai per vedere tua madre.»

Maise lanciò un'occhiata a Iroth prima di affondare il viso nel pelo del collo di Bixby. Singhiozzando, disse: «Non credo, papà. Puoi accostarle il telefono all'orecchio?»

Iroth si sentì come avvolto nel ghiaccio mentre lei sussurrava parole d'amore e di rimpianto. Il suo Iki'i risuonava con le sue suppliche di perdono, la sua gratitudine, il suo dolore.

E in quel momento, Iroth seppe. Seppe che tutto quello che aveva fatto era sbagliato. Era stato crudele, malvagio ed egoista. Maise lo aveva salvato. Anche ora, continuava a essere fedele alle sue promesse. Era buona e gentile e non meritava di soffrire solo per tenerlo al sicuro, non più di quanto lui meritasse di essere incolpato per crimini che non aveva commesso. Una nuova consapevolezza lo trapassò con una solidità che non si sarebbe mai aspettato. *La amo.* L'aveva baciata solo una volta, non aveva mai goduto dei piaceri del suo corpo, eppure la amava. Maise era la sua compagna, ne aveva la certezza. E avrebbe fatto il possibile per renderla felice, qualunque fosse il prezzo.

Non appena lei ebbe salutato suo padre, lui disse: «Ti riporto sulla Terra.»

Lei inspirò bruscamente e alzò lo sguardo, con gli occhi arrossati dalle lacrime. «Cosa?»

«Ti porto a casa. Devi stare con la tua famiglia.»

Il suo viso si contrasse e nuove lacrime le sgorgarono dagli occhi. «Grazie, Iroth.» Si gettò tra le sue braccia. «Oh, grazie. Non te ne pentirai. Non parlerò mai a nessuno di te. Lo giuro su Dio.»

La tenne stretta, respirando contro i suoi capelli mentre lei piangeva, il suo Iki'i scaldato dal sollievo e dalla gratitudine. Era così che si sentiva un eroe? Probabilmente era quanto di più vicino a un eroe sarebbe mai diventato. Anche il suo cuore si stava spezzando, sia per il dolore di lei sia per la consapevolezza che non l'avrebbe più avuta accanto. Ma era la cosa giusta da fare.

Maise riusciva a malapena a credere che, dopo tutto quel tempo, lui la stesse lasciando andare. Avrebbe solo voluto che non fosse stato necessario l'incidente di sua madre per convincerlo. Ma lui le chiese scusa ancora e ancora mentre lei si aggrappava al suo petto, lasciandola singhiozzare e accarezzandole i capelli mentre sedevano sul divano dove avevano trascorso così tanto tempo insieme nelle ultime settimane.

Lui ordinò a Zhinko di dirigere la nave verso la Terra, e lei lasciò uscire dal petto un ultimo respiro tremante. Si sentiva sfinita. E le braccia di lui erano un conforto. Il suo profumo, familiare e caldo.

Inclinò il viso per incontrare lo sguardo di lui. La preoccupazione che addolciva i suoi occhi le fece sciogliere il cuore. Avendo bisogno di ulteriore conforto e incapace di resistere, sfiorò con le labbra la sua bocca.

Lui sorrise dolcemente e chiuse gli occhi. Non aveva mai chiesto un altro bacio dopo quel primo scambio. Avrebbe potuto pensare che non gli fosse piaciuto, se non fosse che ogni sguardo che le rivolgeva era pieno di desiderio. Desiderio su cui non aveva mai agito. Desiderio a cui lei non aveva mai risposto. Persino ora, sentiva il rigonfiamento del suo sesso premere contro il suo fianco mentre si abbracciavano. *Questa potrebbe essere la tua ultima occasione.*

Quello che stava pensando era probabilmente una cattiva idea, ma il conforto delle braccia di un uomo sembrava esattamente ciò di cui aveva bisogno in quel momento. Deglutendo nervosamente, lo baciò di nuovo, con più fermezza.

Fu come benzina sul fuoco La sua postura cambiò, l'atmosfera nella stanza si riscaldò improvvisamente.

Aprì le palpebre e trovò i suoi occhi ardenti di passione. Posò la punta delle dita sulla sua guancia. «Baciami, Iroth.»

Senza esitazione, lui chinò la testa e reclamò le sue labbra come un uomo assetato a una fonte. Le labbra di lei si schiusero con un gemito e lui infilò la lingua all'interno. Si cercarono, le lingue che si intrecciavano, le labbra che si univano. Le sue mani si allargarono sulla schiena di lei, attirandola più stretta come se non avesse mai intenzione di lasciarla andare.

Ansimando per riprendere fiato, lei interruppe il bacio, ma solo il tempo necessario per sistemarsi a cavalcioni sul suo grembo. Aveva bisogno di perdersi in quel conforto e di trovare sollievo dalla preoccupazione per l'incidente di sua madre. I muscoli di lui erano duri, le cosce come macigni di granito sotto le sue gambe, e il rigonfiamento nei suoi pantaloni premeva e pulsava contro il suo centro coperto dai jeans.

Lui depose una scia frenetica di baci lungo la mascella di lei e giù per la curva della gola.

Lei gli allacciò le dita intorno al collo, inclinando la testa da un lato e offrendosi a lui. Artigliò il retro della sua maglia e gliela sfilò sopra la testa.

Lui se ne liberò con un movimento delle spalle, poi cercò la maglia di lei, strappandola via prima di passare rapidamente al suo reggiseno sportivo per fare lo stesso. I capezzoli di lei si turgidirono all'aria e lui allungò la mano verso il suo seno, avvolgendo con la mano la carne soda mentre chinava la testa per succhiare.

Scariche di piacere esplosero in lei, che inarcò la schiena, le dita tra i capelli di lui mentre lui mordicchiava e succhiava prima un capezzolo, poi l'altro. «Sì», ansimò lei.

Lui aprì il bottone dei suoi jeans, poi le sue grandi dita calde scivolarono sul davanti, dirigendosi verso la parte superiore della sua fessura, dove il clitoride già pulsava di bisogno. Con una pressione lenta e delicata, iniziò a descrivere dei cerchi, addentrandosi sempre più nelle sue pieghe. Lei allargò le gambe, ma non era abbastanza. Voleva di più. Aveva bisogno di tutto lui.

Alzandosi, si sfilò i jeans e gli slip contemporaneamente, spingendoli giù alle caviglie e liberandosene. Rimanendo nuda davanti a lui, alzò lo sguardo e lo trovò appoggiato allo schienale, mentre si portava un dito alla bocca, con gli occhi turchesi che brillavano di desiderio. Il suo petto nudo si contrasse mentre si alzava lentamente dal divano e portava una mano al bottone dei jeans.

«È questo che vuoi, *itoshi*?» chiese lui, con una voce che era un ringhio profondo e roco che le fece fremere la vagina.

L'umidità le inondò l'interno delle cosce. «Sì.»

Con un rapido movimento della mano, aprì la cerniera. Il suo membro scattò fuori, massiccio e magnifico, di un blu profondo con una testa lucida e turgida e una fessura profonda in cima da cui già trasudava un liquido perlaceo. I suoi jeans scivolarono a terra come se fossero di seta, e lui fece un passo avanti, attirandola a sé, reclamando rudemente la sua bocca ancora una volta con baci profondi e impetuosi.

Lui aveva un sapore buono quanto il suo odore, fresco e boschivo, e la loro pelle nuda a contatto accese il corpo di lei in punti che non sapeva esistessero fino a quel momento.

Cingendole la vita con un braccio, la sollevò da terra e si girò per adagiarla sul divano. La guardò negli occhi solo per un momento prima di iniziare a venerare il suo corpo con la bocca. Leccò e baciò lungo la sua gola, sulla clavicola, sui seni e sulla pancia. Quando raggiunse il suo sesso, inspirò profondamente e vi affondò il viso, la lingua che serpeggiava tra le sue pieghe mentre le mani le percorrevano le gambe, portandole le ginocchia in alto intorno a lui. Le baciò l'interno delle cosce, passando il bordo ruvido della mascella contro la pelle tenera, poi tornò al suo centro, le dita che separavano le piccole labbra mentre si spingeva più a fondo con la lingua.

Lei ansimò e si inarcò contro di lui, i fianchi che si muovevano a un ritmo costante che assecondava le sue esplorazioni. Lui le succhiò il clitoride e un dito grosso entrò in lei. La sua vista fu inondata da un mare di stelle quando un improvviso orgasmo la travolse e lei esplose di piacere. Dopo averla accarezzata ancora qualche volta mentre le micro-scosse si placavano, lui risalì lungo il suo corpo e le baciò la gola.

Lei ansimava, le mani che massaggiavano le sue spalle muscolose. La stava facendo impazzire di bisogno, trasformando ogni centimetro quadrato del suo corpo in una zona erogena. Persino le dita dei piedi le formicolavano mentre passava le piante dei piedi lungo i suoi polpacci muscolosi.

Il membro di lui pulsava all'altezza dell'inguine, e lei allungò la mano, avendo bisogno di sentirlo. Le sue dita circondarono la sua circonferenza, la pelle vellutata calda sotto il suo tocco. Lui gemette e mosse i fianchi, spingendo contro di lei.

«Ti voglio», ansimò lei, indirizzando la punta della sua asta verso la propria entrata.

Lui si scostò, reclamando la sua bocca mentre lei lo posizionava contro la propria apertura. Con spinte brevi e incerte, entrò in lei, la sua lingua che imitava i movimenti del bacino mentre l'allargava, la riempiva, la sua lunghezza accaldata che infine si stabiliva completamente dentro di lei con una pressione appagante.

«Maise», sussurrò lui contro le sue labbra, continuando a venerare la sua bocca mentre i fianchi la inchiodavano contro i cuscini.

Lei si agitava e si muoveva, volendo — avendo bisogno — che lui si muovesse dentro di lei. Avendo bisogno di sentire le sue lunghe spinte entrare in lei ancora e ancora.

Lui si ritrasse, si spinse di nuovo in avanti, con il suo ritmo che aumentava finché non iniziò a possederla con forza, il suo osso pubico che incontrava il clitoride di lei ogni volta che la riempiva.

La pressione che cresceva dentro di lei era enorme, qualcosa di indistruttibile. Tutto il suo corpo tremava per il bisogno di liberazione. Ma ogni volta che pensava di poter raggiungere il culmine, lui cambiava posizione, ritmo, portandola in qualche modo ancora più in alto.

Lei gli graffiò la schiena, gridò il suo nome, scosse la testa da un lato all'altro, certa di non poterne più. Poi lui fece ruotare i fianchi, spinse più a fondo di quanto lei ritenesse possibile, e lei crollò oltre il limite.

Un ringhio si levò da lui e lei sentì qualcosa pungerle il sedere mentre sussultava. Poi sparì, e lui stava emettendo dei grugniti mentre getti di calore la riempivano. Aprì gli occhi solo il tempo necessario per vederlo fissarla in volto, i denti stretti e le labbra tirate indietro mentre veniva dentro di lei, pulsando,

pulsando. Fu abbastanza per spingerla in un'altra ondata di piacere.

Quando entrambi poterono finalmente respirare di nuovo, lui l'avvolse tra le braccia e si rannicchiò sul divano dietro di lei. Non si era mai sentita così accudita, così preziosa. Ma la sua contentezza era agrodolce. Tutto questo sarebbe presto diventato nient'altro che un ricordo.

Stava tornando a casa.

CAPITOLO
QUATTORDICI

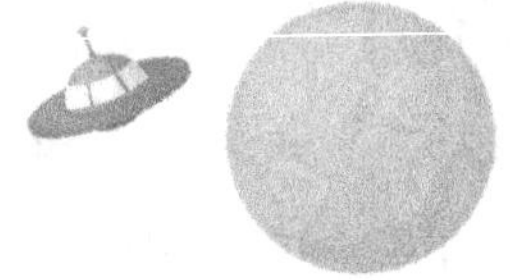

roth se ne stava sul ponte con Maise al suo fianco, le piccole dita di lei intrecciate alle sue.

La rete di trasporti della Terra era ancora disattivata e il traffico verso la superficie era vietato per editto reale. Due incrociatori militari reali pattugliavano l'orbita alta in cerca di navette non autorizzate che tentassero l'atterraggio. Ma il resto del sistema solare non era più interdetto ai viaggi, e incrociatori turistici commerciali e vascelli ricreativi privati aleggiavano nell'orbita terrestre come uccelli necrofagi.

Lui e Maise avevano trascorso i due giorni di viaggio necessari per raggiungere la Terra godendo l'uno del corpo dell'altra. Con ogni accoppiamento, il suo desiderio di legarsi a lei era cresciuto, ma era orgoglioso di aver resistito. La stava rimandando a casa. Da sola. Non avrebbe suggellato il legame. Era un *burendo,* e accoppiarsi con lui le avrebbe portato solo vergogna. Lei doveva essere libera di cercare la felicità senza di lui.

Un incrociatore G'naxian grigio e spinoso scivolò sullo schermo panoramico e Maise scosse la testa. «Perché ci sono così tante astronavi qui?»

«Sono curiosi. La Terra è sul punto di essere aperta ai viaggi, e tutti vogliono vedere ciò che è rimasto nascosto così a lungo. L'imperatore è saggio a limitare gli spostamenti, o inonderebbero il tuo pianeta di visitatori.» *E probabilmente di trafficanti del mercato nero.* Gli si strinse lo stomaco al pensiero che Maise potesse essere rapita e venduta come fattrice. L'imperatore avrebbe cercato di fermare il commercio illegale, ma senza dubbio qualcuno sarebbe riuscito a passare. «Sii molto cauta se dovessi mai parlare di nuovo con un alieno.»

Lei fece un sorrisetto e gli scoccò un'occhiata di traverso. «Preoccupato che io venga rapita?»

«Sì.» Sostenne il suo sguardo con tutta la serietà che riuscì a radunare.

La sua aura giocosa svanì e lei annuì. «Credimi, non ci cascherò mai più con la storia dell'alieno ferito.»

«Bene.» Si voltò verso il punto in cui Zhinko fluttuava vicino alla porta. «Abbiamo abbastanza cristalli di occultamento per riportarla a casa senza essere rilevati?»

Aveva trasmesso la firma contraffatta di un vascello per mascherare l'identità della sua nave così da potersi mescolare agli altri veicoli spaziali; dovevano trovarsi nel raggio d'azione delle navette se sperava di riportare Maise a casa. Ma muovere una navetta verso la superficie senza essere scoperti sarebbe stata una sfida, anche con la tecnologia di occultamento. Gli incrociatori militari avevano sensori avanzati, e lui avrebbe dovuto calibrare alla perfezione la sua partenza per evitare di essere intercettato.

«Ho recuperato i cristalli rimanenti dal dispositivo di occultamento della nave principale», disse Zhinko. «Abbiamo la capacità di far scendere la navetta e farla tornare.»

«Portarla a casa è la priorità», disse Iroth. «Se dovessimo finire per lasciarla laggiù, è un sacrificio che sono disposto a fare.»

Un frammento della paura di Maise trafisse il suo Iki'i. «Sei sicuro che non mi abbatteranno mentre sono in volo?»

Lui si voltò e la prese per le spalle per poterla guardare negli occhi. «Non rischierei se pensassi che ci fosse anche solo una possibilità che accadesse.»

Lei fece un respiro profondo. «Grazie.» Avvolgendogli le braccia attorno alla vita, poggiò la guancia sul suo petto. «Questo significa tutto per me.»

La abbracciò forte, poggiando il mento sulla sommità della sua testa, respirando il suo profumo. Non avrebbe mai più sentito l'odore dell'incenso di legno *amai* senza pensare a lei. «Farei qualsiasi cosa per te, *itoshi*.»

La condusse alla baia di carico dove la navetta attendeva.

Alla base della rampa, lei esitò. «Ti rivedrò ancora?»

Sospirando, lui scosse la testa. Non ci sarebbe stata più alcuna disonestà tra loro. «No.»

Indecisione e rimpianto avevano un sapore amaro nel suo Iki'i. Lei si portò le dita alle labbra per un momento, stringendole come se dubitasse di cosa dire. Poi abbassò la mano e prese entrambe quelle di lui. «Ho apprezzato il tempo passato insieme, Iroth. Anche se le cose sono iniziate con il piede sbagliato, mi hai aperto una galassia di possibilità e farò tesoro del tempo che ho trascorso con te.»

L'insolita sensazione delle lacrime gli pizzicarono gli occhi. Restò rigido mentre rispondeva: «La tua gentilezza è stata la mia rovina. Non sarò mai più lo stesso, *itoshi*.»

Lei corrugò le sopracciglia e inclinò la testa. «Mi hai chiamata così diverse volte ormai. *Itoshi*. Cosa significa?»

Lui premette le mani di lei contro la propria bocca. «Amata.»

Un piccolo suono le sfuggì dalla gola e i suoi occhi verdi si riempirono di lacrime. «Mi ami?»

Non aveva senso negarlo. Annuì seccamente. «Ovunque tu vada, qualunque cosa tu faccia, per favore, abbi cura del mio cuore.»

Lei abbassò lo sguardo e il dubbio inondò l'Iki'i di lui. Ma la cosa non lo turbava più. Ciò che lei provava non importava. Lui l'amava e avrebbe fatto qualsiasi cosa per lei. La spinse gentilmente verso la rampa. «Va' ora. Tua madre ti sta aspettando.»

Senza preavviso, lei gli gettò le braccia al collo e lo tirò giù per raggiungere la sua bocca. Quel bacio fu più dolce della passione che avevano condiviso negli ultimi giorni, eppure altrettanto urgente. Condivise il respiro, memorizzando ogni movimento delle labbra di lei contro le sue, la sensazione delle sue mani sulle proprie spalle e sul collo, il modo in cui lei si premeva contro di lui, le curve contro i piani del suo corpo.

Quando finalmente si separarono, lei disse: «Se mai avrai la possibilità di tornare sulla Terra, cercami, okay?»

Sapeva che non sarebbe tornato. Non aveva commesso lui il crimine, ma non avrebbe mai potuto fare ritorno sulla scena del delitto. Eppure, annuì. «Lo prometto.»

Sorridendo, lei salì sulla navetta e si sedette sul sedile ribaltabile. Bixby diede un colpetto alla mano di Iroth, come se gli chiedesse se avesse intenzione di andare con loro. Iroth grattò dietro le orecchie del cane e poi la sospinse verso la rampa. «Non stavolta, Bixby. Prenditi cura di lei per me.»

Bixby guardò verso Maise, poi di nuovo verso di lui, prima di voltarsi lentamente per unirsi a lei sulla navetta. Mentre il portello si chiudeva e la rampa si ritraeva, sentì come se il suo cuore si stesse avvizzendo nel petto, un peso greve e inutile che non avrebbe mai più usato.

Voltando le spalle, lasciò la baia di carico e tutto quello che contava davvero.

Di nuovo sprofondata nello scomodo sedile della navetta, Maise guardò il suolo farsi sempre più vicino finché il velivolo non si posò nella radura vicino alla cartiera. *Proprio dove avevo iniziato tutto.* Solo che non era più la stessa persona che aveva lasciato la Terra prima. Sentiva il petto oppresso, ma non sapeva dire quanto dipendesse dal volo e quanto dal rimpianto di aver lasciato Iroth.

Il sedile la liberò con un sibilo e la voce di Zhinko riempì la cabina. «Bentornata sulla Terra, Maise.»

Si alzò a fatica dal sedile. «Grazie, Zhinko, e buona fortuna. Spero di poterle parlare di nuovo, un giorno.»

«Altrettanto, Maise. È stato un piacere avere Lei e Bixby a bordo.»

Bixby era già a metà della rampa, apparentemente ansiosa di tornare a casa.

Maise le corse dietro. Come previsto, la sua Jeep non era più nel parcheggio della cartiera, e dovette tornare a piedi al suo appartamento. Circa mezz'ora dopo, si ritrovò davanti allo A Pelo Liscio. L'edificio con le pareti in mattoni sembrava più piccolo di quanto ricordasse, più simile a una prigione che a un canile. La scala che portava al suo appartamento risuonò cupa sotto i suoi piedi mentre andava a recuperare il telefono lasciato lì. Per fortuna era ancora lì, collegato alla presa accanto al letto come se fosse stata via solo un giorno.

Ma l'appartamento aveva un odore disgustoso, con un puzzo rancido che proveniva dal frigorifero. Non osò aprirlo. Era un compito di cui si sarebbe occupata la Maise del futuro, dopo aver visto sua madre.

Lasciò Bixby al canile di sotto, chiamò un Uber e in pochi minuti fu diretta all'ospedale. Suo padre e sua sorella erano seduti fuori dalla terapia intensiva.

«Maise!» gridarono entrambi all'unisono, stringendola in un abbraccio di gruppo.

Lei ricambiò la stretta con forza, con le emozioni troppo a fior di pelle per riuscire a parlare.

Suo padre le prese il viso tra le mani e le scoccò un bacio sulla fronte. «Sono così felice che tu sia riuscita a tornare.»

«Anch'io, papà», mormorò lei con un groppo in gola. Sembrava stropicciato e stanco, la sua polo grigia macchiata di quella che sembrava senape, e un'ombra di barba grigia gli punteggiava il mento. «Posso vederla?»

«L'infermiera dovrebbe aver finito, ormai.» Le fece strada verso una piccola stanza dove la mamma giaceva come addormentata, con un tubicino sotto il naso e le flebo attaccate alle braccia. Aveva la testa bendata, ma un grosso livido viola spuntava dal bordo vicino a una tempia.

Con la gola serrata, Maise prese la mano di sua madre, notando quanto fosse leggera e fragile, come carta. Le lacrime le offuscarono la vista. «Ciao, mamma. Sono io, Maise. Sono qui.»

I bip lenti e regolari dei monitor furono l'unica risposta.

«Scusa se sono stata via così a lungo.» Le parole faticavano a uscire dalla gola di Maise. «Ma ora sono qui. Ho visto così tanto, fatto così tanto. Non riesco nemmeno a descrivere...» Si interruppe, sapendo che suo padre e sua sorella stavano ascoltando. Invece, premette le labbra sul dorso della mano esile di sua madre.

La stanzetta era affollata con tutti loro lì, ma le infermiere chiusero un occhio sul limite di due persone e portarono una sedia extra. La famiglia rimase con la mamma fino a notte fonda, ricordando il passato tra risate e lacrime.

A un certo punto, nelle prime ore del mattino, quando la conversazione si era spenta ed erano tutti in un dormiveglia, i monitor si appiattirono. Un lungo beeeeeep riempì la stanza.

«No!» sussultarono sia Maise che Alison. «Mamma! Non lasciarci. Per favore, mamma.»

Il monitor continuò a emettere la sua nota funebre.

Il papà, stoico come sempre, si chinò e baciò la guancia di sua moglie.

Maise corse freneticamente alla porta, cercando un'infermiera, ma suo padre le mise una mano sulla spalla. «Non voleva essere rianimata, ricordi?»

Le lacrime le soffocarono la gola. La mamma aveva firmato un testamento biologico anni prima, prima che la demenza prendesse il sopravvento. Ma tutto quello che Maise voleva era vedere ancora una volta la madre forte e vibrante della sua giovinezza.

Lei e sua sorella si abbracciarono, tirando su col naso, e guardarono le infermiere entrare, spegnere le macchine e rimuovere la flebo e il tubo dell'ossigeno della mamma. La mamma sembrava dormire.

Non appena le infermiere se ne furono andate, Maise appoggiò la testa sul materasso accanto al corpo di sua madre e singhiozzò.

Alla fine, una mano calda le toccò la spalla e la voce di suo padre disse: «Devono portarla via ora, Maise. Vieni.»

Lasciò l'ospedale in preda allo stordimento e tornò a casa dei suoi genitori. Tutto appariva uguale, come se la mamma potesse tornare da un momento all'altro. Un cesto di lavori all'uncinetto lasciati a metà vicino alla poltrona, pronto per essere ripreso da dove lo aveva lasciato. Foto di famiglia su ogni parete.

Papà andò a letto, e Maise e Alison si raggomitolarono ai suoi lati, tenendosi per mano sopra il suo petto.

Quando venne mattina, andarono con lui alle pompe funebri. Lui e la mamma avevano preso accordi molto tempo prima e, dopo aver firmato i documenti, Maise portò suo padre a pranzo in un bar sport vicino allo A Pelo Liscio. La mamma era solita ordinare lì da asporto quando gestiva la clinica, e ogni cosa sul menù faceva venire a Maise voglia di piangere.

«Mi dispiace di non essere stata qui, papà.»

Lui le sorrise. «La mamma capiva. Sai che era entusiasta per te, vero? So che ti ha fatto molta pressione per l'attività, ma era felice che tu stessi seguendo il tuo sogno.»

Quello portò una nuova ondata di lacrime e un carico pazzesco di sensi di colpa. Se solo la mamma avesse saputo. Ma Maise non poteva dire una parola su ciò che aveva fatto davvero, e papà non avrebbe capito se lo avesse fatto.

«Puoi restare per il funerale?» chiese lui.

Lei deglutì e distolse lo sguardo. Come avrebbe dovuto dirgli che non sarebbe tornata da un anno sabbatico veterinario da sogno che non era mai esistito?

Lui le prese la mano, con la preoccupazione che gli solcava il viso. «Spero che tu non abbia bruciato i ponti per tornare qui. Lei vorrebbe che tu fossi felice, Maise. Entrambi lo vogliamo.»

Facendo un respiro tremante, Maise scosse la testa. «È troppo tardi per tornare indietro.»

«No, non può essere.» Le strinse le dita. «Chiunque stia gestendo le cose capirà, ne sono sicuro. Devi solo parlare con loro.»

Annuì intorpidita. Se solo avesse potuto. Non aveva modo di contattare Iroth, e anche se lo avesse avuto, lui non sarebbe stato in grado di mandare la navetta a prenderla.

La navetta. Si raddrizzò sulla sedia. Iroth aveva detto che riportare la navetta alla nave sarebbe stato complicato. Che era disposto ad abbandonarla, ma che aveva intenzione di provare a trovare una finestra temporale in cui le navi militari non stessero guardando. Se la navetta non fosse ancora partita, lei poteva provare a chiamarlo. O forse persino tornare sulla sua nave e fargli una sorpresa. Avrebbe voluto viaggiare tra le stelle con lei?

Si alzò così velocemente che la sedia quasi si ribaltò. «Ti voglio bene, papà. Grazie.»

«Certo, tesoro.» Lui ridacchiò mentre lei gli baciava la guancia. «Vai pure. Prendo io il conto.»

Corse di nuovo allo A Pelo Liscio e prese Bixby.

Il suo assistente allargò le braccia in segno di interrogazione. «Sono l'unico che lavora qui?»

«È Lei il capo, Ted. Dica a Monica che le sto dando un aumento.»

E con quello, si precipitò di nuovo verso la radura, pregando di arrivare in tempo.

CAPITOLO
QUINDICI

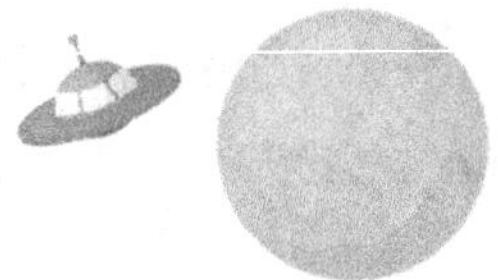

roth si era trattenuto in orbita più a lungo di quanto avrebbe dovuto, ritardando l'ordine di riportare la navetta nella baia. Diceva a se stesso che stava aspettando di essere sicuro che le navi militari non l'avvistassero. Ma in realtà, non era ancora pronto a partire. Il sapore del bacio di Maise sulle sue labbra era come un'ancora di salvezza per un'altra definizione di se stesso, una che non aveva mai creduto potesse esistere. Prepararsi ad andarsene era come prepararsi a tagliarsi un arto.

Si passò le mani sul volto umano, chiedendosi se avrebbe mai più avuto la forza di volontà di abbandonare quel corpo. Gli piaceva la sensazione di quella forma, la facilità che gli dava stando vicino a Maise. Ogni muscolo e ogni linea avevano una memoria per lui, ora: la punta delle sue dita che lo accarezzava qui, le sue labbra che lo baciavano lì.

Poi gli venne un'idea. La forma non era il vero problema. E se non cercasse di sembrare meno umano, ma *di più*? Fissò il pianeta blu e bianco che brillava sotto di lui, rendendosi improvvisamente conto di quanto fosse stato idiota. Voleva una nuova identità. Crearsene una sulla Terra sarebbe stato facile se fosse sembrato del tutto umano. I database galattici non avevano ancora catalogato gli individui terrestri.

Poteva costruirsi una vita con Maise.

Allungò la mano blu petrolio e si concentrò sul cambio di colore. La pelle sbiadì, diventando pallida, per poi fiorire in un marrone dorato simile alla tonalità della pelle di Maise. *Facile.*

Con l'eccitazione che gli faceva battere forte il cuore, chiese: «Zhinko, tra quanto potrà rientrare la navetta?»

«La navetta è appena tornata nella baia di carico, Capitano. Maise è a bordo e desiderava farLe una sorpresa. Ma temo che abbiamo un'altra questione urgente. Siamo stati abbordati, Capitano.»

Con la sensazione di aver subito un colpo di frusta, Iroth si accigliò. *Maise è tornata?* La sua nave era stata invasa? «*Kuzara!* Da chi? E come?»

«La navetta d'invasione è registrata a nome di Senbur Uragi Rhimono. Erano occultati e si sono intrufolati quando ho aperto il portellone per la navetta. Ho suggerito a Maise di nascondersi nella stiva dei contrabbandieri della navetta.»

Iroth afferrò una pistola cinetica dall'armadietto sul ponte e corse verso la stiva di carico. Uragi era il cliente che aveva voluto una femmina umana all'asta. *Probabilmente vuole indietro l'acconto.* Il suo sangue si gelò. *O vuole Maise.* Doveva impedire che la trovassero. Raggiunse il portello della baia di carico e si fermò bruscamente.

Tre Kirenai e un Qalqan dalle scaglie rosa stavano sul pavimento della baia di attracco accanto a una seconda navetta, più piccola, con le armi spianate. Ed erano diretti dritti verso la navetta di Maise.

«Ehi!» gridò Iroth, entrando nella baia di carico. «Le autorità sono in arrivo, quindi vi suggerisco di togliervi dai piedi e sparire dalla mia nave finché siete ancora in tempo.»

Il capo dei Kirenai aveva anch'esso la forma di un Qalqan, con un lungo muso blu da lucertola, scaglie e una coda mozza. Puntò la canna della sua pistola contro Iroth, la bocca senza labbra spalancata in una parodia di sorriso. «Dubito seriamente che lei abbia chiamato le autorità, *burendo*.»

Iroth strinse più forte la pistola e fece un passo avanti. «Non ho i vostri soldi, se è quello che cercate. Andate a parlare con l'Agenzia di Incontri Intergalattica.»

«I soldi non sono una mia preoccupazione.» Uragi agitò un artiglio con noncuranza prima di posarselo devotamente sul petto. «Sono qui per proteggere l'impero.» La sua voce grondava sarcasmo, e una sensazione distintiva che gli ricordava l'ammoniaca raggiunse l'Iki'i di Iroth.

Come un lampo, i momenti finali dell'asta lo attraversarono: il suo sguardo incrociato con quello di un compagno Kirenai, la fugace sensazione di ammoniaca, poi l'altro Kirenai che crollava a terra. Uragi aveva inscenato la propria morte?

Proprio come ho fatto io.

«Tu eri all'asta», lo accusò Iroth.

Uragi alzò il mento e scoppiò a ridere. «È l'unico ospite di cui non si hanno notizie, *burendo*. I registri del portale di trasporto lo verificheranno.»

Iroth si sentì come se fosse stato congelato nel ghiaccio. Il contratto era stato una trappola. Uragi non aveva voluto una femmina umana: voleva un capro espiatorio per l'assassinio. E Iroth aveva fatto il suo gioco.

«Mi ha incastrato», ringhiò Iroth tra i denti.

Uragi schioccò la lingua e scosse la testa. «Non è così che l'imperatore vedrà le cose. Sto per diventare un eroe.» Indicò un paio di manette da detenzione Kirenai nelle mani del Qalqan. «Andiamo. Lo sa che non può vincere in uno scontro a fuoco.»

L'attenzione di Iroth cadde sull'arma di Uragi: una pistola laser, non cinetica. Le guardie Kirenai dietro di lui impugnavano armi identiche. I laser erano tra le poche armi letali per i Kirenai, e persino le paratie autoriparanti in *popotan* di una nave potevano essere distrutte irreparabilmente dal fuoco laser. La maggior parte dei capitani vietava persino di portare tali armi a bordo.

Se fosse stata in gioco solo la sua vita, Iroth avrebbe lottato con artigli e zanne prima di arrendersi. Ma non poteva permettersi un combattimento laser sul ponte, non mentre Maise era nella navetta. La cosa migliore da fare era far scendere Uragi e i suoi uomini dalla nave il prima possibile.

Facendo un passo avanti, lasciò che le manette si serrassero attorno ai suoi polsi. Un dolore acuto gli risalì lungo le braccia, seguito da un'ondata di nausea. Corrugò la fronte. Era già stato ammanettato in passato e si aspettava la solita scarica di sostanze chimiche che gli avrebbe temporaneamente impedito di cambiare forma. Ma non era quello. Eppure, era comunque familiare.

Uragi indicò la navetta. «Lì dentro.»

Maise. Iroth scattò in avanti. «Prendete me e andatevene…»

Una guardia lo colpì allo stomaco con un pugno, facendolo piegare in due. Poi una ginocchiata alla testa gli fece roteare il ponte sotto di lui. La nausea che aveva sentito a causa delle manette si trasformò in vertigine. La sua matrice sussultò. La sua visione si restrinse a un puntino, poi arrivò l'oscurità.

Sto perdendo la mia forma, si rese conto.

L'ultima cosa che ricordò mentre cadeva sul ponte fu il suono di un cane che abbaiava.

La navetta atterrò con un tonfo sul ponte e il sedile ribaltabile liberò Maise prima che il pavimento smettesse di tremare. Si alzò a fatica. Sullo schermo della navetta, un'altra navetta più piccola di quella in cui lei si trovava stazionava sul lato opposto del ponte; aveva una forma più simile a un proiettile che a un bocciolo di rosa. Un gruppo di alieni stava scendendo: tre blu e uno rosa acceso.

«Zhinko, che sta succedendo?» chiese lei.

«Mi scuso per il disagio, ma devo chiederti di nasconderti nella stiva dei contrabbandieri. La nave è stata abbordata.» Un pannello si aprì accanto al suo sedile.

La paura le si insediò nel petto. «Da chi?»

«Credo si tratti di Uragi Rhimono», disse Zhinko. «Il cliente a cui dovevamo consegnarti.»

Merda. Iroth si sarebbe messo nei guai per non aver onorato il contratto? Maise spinse Bixby nel piccolo spazio che si era aperto. «Non possiamo semplicemente restituirgli i soldi?»

«Non sembra volere soldi.»

Maise deglutì. Se non voleva soldi, probabilmente significava che voleva una femmina. *Me.* Cercò di infilarsi nel piccolo spazio accanto a Bixby, ma non c'era spazio per entrambi. In preda al panico, disse: «Qui dentro non c'è spazio, Zhinko.»

La fila di sedili si separò, rivelando una lunga fessura alla base della parete. «Allora ti suggerisco di nasconderti nel compartimento tecnico.»

«Bixby, terra», ordinò.

La cagna obbedì con le orecchie basse, percependo il terrore della sua padrona.

Maise si affrettò verso l'altro scomparto. Dovette sdraiarsi sulla pancia per infilarsi di lato in un'area grande quanto una bara, tra i cavi e qualcosa di molliccio su cui non voleva soffermarsi a pensare. Poi i sedili tornarono a posto, lasciandola nell'oscurità.

Con il cuore che le batteva forte nelle orecchie, cercò di non avere conati per l'odore pungente e oleoso che la circondava. Cosa stava succedendo a Iroth? Sarebbe stato bene?

Il rumore di passi pesanti risuonò fuori dal suo nascondiglio.

Trattenne il respiro, fissando il buio cieco. *Vi prego, non trovateci.*

Una voce profonda mormorò in una lingua che non capiva e qualcuno cominciò a colpire le pareti. Si sentì come se stesse per soffocare.

Poi Bixby iniziò ad abbaiare.

«No, no, no!» sussurrò Maise, stringendo i pugni vicino alla testa.

Bixby guaì e poi tacque.

Bixby? Maise boccheggiò in cerca d'aria. Cos'avevano fatto? Doveva uscire, ma non riusciva a muoversi in quello spazio ridotto.

La voce profonda rimbombò di nuovo e i passi si allontanarono.

Dopo qualche minuto, i sedili si aprirono. Maise uscì a fatica. Il pannello di Bixby era ancora chiuso e lei vi corse, temendo ciò che avrebbe potuto trovare all'interno. «Aprilo!»

Il pannello scivolò di lato, ma all'interno c'erano solo un pezzo di stoffa grigia e dei vetri rotti, spinti nell'angolo in fondo.

Si voltò, guardandosi intorno per il resto della navetta mentre tutto il suo corpo tremava per l'adrenalina. «Dov'è Bixby?»

«Mi dispiace», la voce di Zhinko sembrò un sussurro. «L'hanno preso.»

«L'hanno uccisa?» Maise si precipitò fuori dalla navetta.

«Sembrava viva», disse Zhinko.

Il portellone della baia di attracco era chiuso e la navetta a forma di proiettile era sparita. «Dobbiamo inseguirli! Dov'è Iroth?»

Maise si girò per cercarlo e scorse una pozza blu gelatinosa. Le si strinse la gola. Aveva già visto una cosa simile. All'asta. Cadde in ginocchio accanto alla pozza. «Iroth?»

Il gel si sollevò, come se cercasse di raggiungerla, poi ricadde. «Zhinko!» urlò lei. «Zhinko, è ancora vivo! Fa' qualcosa.»

Riusciva a malapena a respirare.

Zhinko arrivò sfrecciando dal corridoio, trascinando quella che sembrava una vasca di plastica. «Protocolli di emergenza medica attivati. Per favore, allontanati.»

Inghiottendo lacrime di disperazione, Maise si spostò strisciando. Era Iroth. Lo sapeva. Questo stava accadendo perché lui l'aveva riportata a casa. Uragi era venuto a cercarla e probabilmente aveva preso Bixby come premio di consolazione. E ora Iroth…

In pochi istanti, l'IA fece levitare il gel nella vasca e tornò di corsa attraverso i corridoi fin dentro l'ascensore. Maise si infilò accanto a loro. Le porte si aprirono al livello inferiore e Zhinko disse: «Il capitano ha vietato agli ospiti di scendere a questo livello.»

Lei lo spintonò e scese dall'ascensore. «Beh, stavolta non è qui per fermarmi.»

L'IA non aggiunse altro e li condusse in una piccola stanza dominata da una grande bara aperta che sembrava fatta di pietra. Zhinko vi riversò Iroth e, in un turbinio di braccia, iniziò a collegare tubi e a premere pulsanti.

Lei si aggrappò allo stipite della porta. «Cosa gli succede?»

«Sembra che sia stato avvelenato di nuovo. Inizio il processo di disintossicazione.»

Perché Uragi avrebbe dovuto avvelenare Iroth invece di sparargli? Non aveva senso. «Se la caverà?»

L'IA emise lampi di luce multicolore. «Non ne sono certo. Abbiamo usato una parte significativa delle nostre scorte mediche durante l'ultimo processo di purificazione.»

Maise deglutì, cercando di non andare in iperventilazione mentre fissava la bara. Non poteva morire. Non glielo avrebbe permesso. «Se abbiamo bisogno di medicine, come facciamo a procurarcele?»

«Il capitano solitamente scambia scorte sulla stazione di Sireta.»

«Quanto tempo ci vorrà per arrivarci?»

«Diversi dei vostri giorni terrestri, ma temo che non sopravviverà così a lungo.»

Combattendo il panico, pensò a tutte le navi in orbita intorno a loro. «E le navi qui vicino? Una di esse avrà sicuramente quello che ci serve. Potremmo chiedere aiuto. E dobbiamo riprenderci Bixby.»

Zhinko disse: «Il capitano ha ordinato che non abbiate accesso alle comunicazioni o agli altri sistemi centrali della nave.»

Lei si accigliò. «Al diavolo gli ordini del capitano. È un'emergenza.»

«Temo che la mia programmazione non mi consenta di disobbedire. Dobbiamo mantenere la nostra identità di copertura finché non riceverò ordini.»

Entrò nella stanza e afferrò il bordo della vasca di pietra. «Iroth, se mi senti, devi darmi il controllo della nave. Devi avere fiducia in me.»

Il gel sussultò. Si ricompattò, poi si divise con un sospiro. «Sìì.»

«L'hai sentito, Zhinko.» Fulminò con lo sguardo il robot a forma di uovo. «Ha detto di sì.»

«Ricevuto. Chi vorresti chiamare?»

Provò un sollievo doloroso, ma restava contratta dal terrore. Iroth stava morendo mentre lei discuteva con una macchina. «Invia una richiesta generale per la medicina.»

«Ti avverto che una trasmissione generale allarmerà le navi militari reali. Saranno le prime ad arrivare e senza dubbio dichiareranno Iroth in arresto.»

Le tremò la mascella. *Preferirei vedere Iroth in prigione piuttosto che morto.* E se c'era qualcuno che poteva avere la medicina giusta, era proprio una nave militare. «Fallo. E di' loro anche che Uragi ha rubato il mio cane, mentre ci sei. Voglio indietro Bixby.»

«Subito, Maise.»

«Iroth, andrà tutto bene.» Era tornata sulla nave piena di speranza, piena di sogni da seguire, piena d'amore per un grosso alieno dalla pelle blu con un passato difficile. Doveva salvarlo. «Voglio vedere le stelle insieme. Resisti per me. Gli aiuti stanno arrivando.»

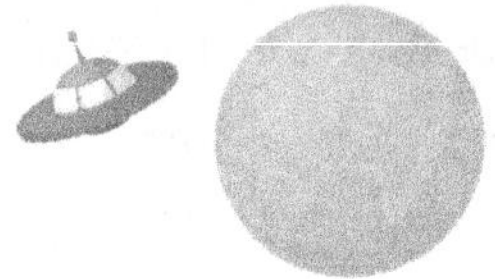

roth lottò per riprendere conoscenza. Lottò per la vita. Aveva affidato il comando della sua nave all'unica persona nella galassia di cui si fidasse, e ora si trovava in stato di arresto.

Ma era vivo.

Entrava e usciva dal dormiveglia mentre guaritori sconosciuti scrutavano nel suo guscio di riposo. I farmaci gli bruciavano nella matrice. La nausea vertiginosa della dialisi lo travolse più e più volte.

Per tutto il tempo, non riuscì a pensare ad altro se non che i suoi peggiori timori si erano avverati. Ma sapeva anche che Maise non lo aveva tradito di proposito. Era tornata da lui. Aveva fatto il possibile per salvarlo. Se fosse morto in quel momento, sarebbe morto sapendo che il suo unico vero amore non lo odiava. Lei era viva e vegeta. E per questo valeva la pena morire.

La sua matrice si contrasse e si separò, si solidificò e si sciolse. Infine, dopo una lunga agonia e incertezza, schiuse gli occhi. Aveva ripreso la sua forma umana, giaceva su un letto e fissava un soffitto grigio pallido. L'aria sembrava una tortura contro la sua pelle viva, e la luce bianca e soffusa nella stanza avrebbe potuto benissimo essere un milione di soli che ardevano contro i suoi occhi.

Gemitò e aspirò una boccata d'aria. L'odore fruttato del fluido rigenerante. Un debole sentore di incenso al legno di *amai*. Una voce dolce.

«Iroth?»

Girò la testa e scoprì gli occhi verdi di una dea fissi su di lui da una sedia accanto al letto.

Lei si sporse in avanti. L'amore che inondò il suo Iki'i fu curativo quanto qualsiasi medicina.

«Maise?»

Lei sorrise e una mano fresca gli sfiorò la guancia ardente. «Bentornato.»

«Dove sono?»

«Nell'infermeria reale.»

Lui sbatté le palpebre, cercando di dare un senso alle sue parole. «In prigione?»

«No. Nel palazzo dell'imperatore.» Maise si chinò e lo baciò; il sollievo che lei provava contro il suo Iki'i fu abbastanza forte da farlo svenire. Gli accarezzò dolcemente il dorso della mano. «Sei entrato e uscito dal coma per diversi giorni.»

«Cos'è successo?» Non capiva. Si era aspettato di essere morto o, per lo meno, in prigione.

«Uragi ha cercato di incastrarti.» Tenendogli la mano, gli spiegò ogni cosa, senza che il suo amore vacillasse mai.

I ceppi non erano stati ceppi di detenzione, gli avevano iniettato il veleno usato per il massacro. Poi gli uomini di Uragi avevano piazzato come prova una boccetta di veleno rotta sullo shuttle. L'unico motivo per cui Uragi non l'aveva scoperta lì era che si erano imbattuti prima in Bixby. «Quel bastardo l'ha presa prigioniera, usandola come copertura per giustificare la sua visita alla tua nave. Ha cercato di dire alle autorità di averla comprata da te.»

A quanto pare, Uragi aveva intenzione di aspettare abbastanza a lungo da lasciare che Iroth morisse per il veleno, per poi allertare le autorità che la nave di un *burendo* era in orbita. Con le prove piazzate ad arte, tutti avrebbero dato per scontato che Iroth fosse l'assassino responsabile del massacro sulla Terra e che fosse rimasto accidentalmente ucciso dalla sua stessa tossina.

Se non fosse stato per la rapida richiesta di aiuto di Maise, gli avrebbe salvato la vita. «Zhinko aveva le riprese video del sicario di Uragi mentre piazzava le prove e rapiva Bixby. Dopo che sei stato arrestato, ho fatto chiamare Lora e Georgie da Zhinko. Ci siamo assicurate che tu avessi un processo equo.»

Lui si prese un momento per guardarsi intorno nella stanza sterile, con la mente che vacillava. «Dov'è Bixby? Sta bene?»

Maise sorrise. «Sta bene. In questo momento è nei giardini con Pepper, la cagna di Lora. Credo però che d'ora in poi sarà un po' più cauta con gli estranei. Ha perso un dente cercando di mordere il bastardo che l'ha catturata.»

Lui non poté fare a meno di sorridere. *Brava cagnolina.* «E Uragi? L'hanno preso?»

«Lui e i suoi scagnozzi sono rinchiusi su una luna prigione. Credo che l'imperatore stia pianificando un'esecuzione formale. Ci sono ancora altri collaboratori a piede libero, però. Immagino che la cospirazione sia piuttosto profonda.»

Una voce maschile li interruppe: «Abbiamo ancora alcune domande in merito, se non le dispiace.»

Iroth girò la testa e vide un umano blu con i capelli lunghi fermo sulla soglia: Zhiruto, la guardia del corpo del principe incontrata all'asta.

Maise gli sorrise, con un affetto evidente contro l'Iki'i di Iroth. Il cuore di lui minacciò di spezzarsi. Per quanto tempo era rimasto incosciente? Aveva trasferito così facilmente i suoi affetti? *Lei è mia.* Si mise a sedere, respirando attraverso le vertigini che minacciavano di farlo crollare.

«*Oritzu*, ci vada piano.» Zhiruto entrò nella stanza.

Dietro di lui, un altro Kirenai attendeva nel corridoio, uno che non poteva che essere il principe Arazhi, vestito con una tunica nera e gialla e con una sottile corona sul capo. L'amica umana di Maise, Georgie, stava al suo fianco, con i capelli biondi trattenuti da un cerchietto d'oro.

«Entrate.» Maise si alzò, facendo spazio ai nuovi arrivati. «Dov'è Lora?»

«Ha ricevuto informazioni su un'altra nave schiavista del mercato nero ed è andata a gestire la squadra di soccorso», disse Zhiruto.

Il principe fece un passo avanti, con lo sguardo interamente rivolto a Iroth. «Ho capito che lei è un *burendo.*»

Ah, ecco il punto. Il momento della verità. Quello in cui si sarebbe deciso il vero destino di Iroth. Afferrò il bordo del materasso e fece dondolare i piedi fuori dal letto. «Lo sono.»

«Vorrei offrirle un lavoro», disse il principe.

Iroth aggrottò la fronte, così confuso da considerare momentaneamente l'idea di rimettersi giù. «Perché?»

Il principe lanciò un'occhiata a Maise. «Mi è stato detto che lei è degno di fiducia.»

Maise teneva la mano di Georgie e si mordicchiava il labbro inferiore. Era stata lei a organizzare tutto questo?

Tornò a prestare la massima attenzione al principe. «Che tipo di lavoro?»

«La mia rete di spie potrebbe usare un uomo come lei. Qualcuno che sappia davvero mimetizzarsi. Il guaritore reale che ha cercato di uccidere l'imperatore è ancora a piede libero.»

Iroth scosse lentamente il capo. «Non sono proprio il tipo da guardia di palazzo. Sono più un tipo da contrabbando, furti e spionaggio.»

Il principe ridacchiò. «È per questo che è perfetto. Nessuno sospetterà che lei sia dalla nostra parte. Ma è libero di dire di no, naturalmente.»

Iroth fece un respiro profondo. «Libero di dire di no» non significava sempre libero di andarsene. «E se rifiutassi?»

«Allora, non appena sarà pronto, potrà partire. La sua IA l'aspetta in orbita con la sua nave.»

Guardò di nuovo Maise. Tutto quello che gli importava era lei. E se lei pensava che un lavoro con il principe avrebbe in qualche modo spinto la galassia ad accettarlo, si sbagliava. Aveva bisogno che lei lo capisse. «Posso pensarci?»

«Assolutamente.» Il principe annuì. «Sono lieto di vedere che si è ripreso.»

Georgie baciò Maise sulla guancia e sussurrò: «Sono felice che stia bene.»

Una volta che tutti se ne furono andati, Maise sedette accanto a lui sul letto.

Lui sistemò le gambe per starle di fronte. «Cosa sta succedendo? Vuoi che lavori per il principe?»

Lei fece spallucce. «Non mi importa per chi lavori, purché tu non debba più nasconderti.»

Le prese le mani tra le sue e le osservò, ammirando la sua pelle bruno-dorata e le unghie dalle forme delicate. Il suo desiderio più grande era legarsi a Maise. Darle il futuro che sognava. Ma lei non capiva cosa significasse legarsi a un *burendo*. «Anche se lavorassi per il principe, rimarrei comunque un mostro. Il principe non si fiderà mai di me. Le guardie non si fideranno mai di me.» Deglutì a fatica, odiando ciò che stava per dire. «Se stessimo insieme, tutti ti eviterebbero come fanno con me.»

Lei gli strinse le mani. «Non è vero. Il principe si fida di te, altrimenti non saresti qui. Abbiamo le mie amiche. E io credo fermamente che il modo per ottenere la fiducia di qualcuno sia fidarsi per primi.» Gli fece l'occhiolino. «Prendi noi due come esempio.»

Lui scosse il capo, ancora pieno di dubbi. Lei era tornata da lui, anche dopo quello che aveva fatto e nonostante ciò che era. Se Maise voleva che lo facesse, ci avrebbe provato. Avrebbe fatto qualunque cosa per lei. Avrebbe ucciso per lei. Avrebbe sofferto per lei. Sarebbe morto per lei. Lei possedeva il suo cuore, che lui lo volesse o no, ed era l'unica persona nell'universo capace di vedere oltre ciò che era, dentro la sua anima. E aveva fede in lui.

Annuendo, disse: «Va bene. Ci proverò.»

EPILOGO

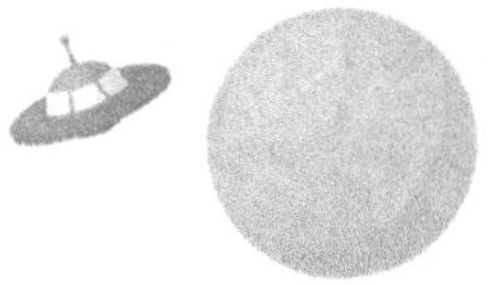

Georgie aveva provato a convincere Maise a organizzare un grande matrimonio sulla Terra, ma lo stile di Maise era più orientato verso qualcosa di piccolo e intimo. Così stavano celebrando la cerimonia a bordo della nave di Iroth con una manciata di familiari e amici. Iroth era riuscito a far sì che la sala olografica apparisse esattamente come la chiesa dei genitori di lei, fin nei minimi dettagli, come lo strappo nel tappeto davanti alla porta del santuario.

Ora lei era pronta a percorrere la navata, con suo padre accanto nel suo miglior abito della domenica. Bixby aveva appena portato lungo la navata il cuscino con le fedi fissato sulla schiena, e per Maise era giunto il momento di andare.

Papà le offrì il braccio. «Pronta?»

Lei abbassò lo sguardo sul suo abito semplice, color crema, e annuì. Aveva provato quella che le era sembrata un'infinità di abiti da sposa prima di decidere per quel modello a portafoglio in seta, con le spalle scoperte e una piccola piega a balze in vita che lo rendeva elegante senza essere appariscente. Stringendo il bouquet di rose viola e crema in una mano, prese il braccio di suo padre con l'altra e s'incamminò lungo la navata.

Mentre passavano davanti al banco vuoto dove aveva trascorso molte domeniche d'infanzia con la testa sulle ginocchia di sua madre, gli occhi le pizzicarono per le lacrime. Non era davvero la loro chiesa, ma sapeva che sua madre era lì. Che avrebbe approvato, anche se il suo futuro non prevedeva di diventare una veterinaria.

Prendendo un respiro profondo, Maise voltò le spalle al suo passato e si concentrò sul suo futuro.

Iroth stava aspettando all'altare in un classico smoking, con un piccolo mazzetto di piume rosse e viola di *jargoth* all'occhiello. Le piume erano fogariane, le stesse che coprivano le statue nella sua stanza. Lei aveva cercato di convincerlo a contattare la sua famiglia per il matrimonio, ma lui non era ancora pronto a riunirsi a loro. Un giorno, sperava lei, ma lo avrebbe fatto con i suoi tempi. Nel frattempo, aveva la famiglia di lei, che lo amava già alla follia.

Raggiunse l'altare e lui fece un profondo inchino a suo padre prima di accettare la sua mano. Dopo diversi pasti consumati insieme in famiglia, Iroth e suo padre erano andati subito d'accordo, discutendo di classici film di spionaggio. Erano finiti in soggiorno a fare abbuffate di film di Alfred Hitchcock per tre sere di fila.

Zhinko fluttuava accanto allo sposo con un fiore all'occhiello fissato al suo involucro nero, orgoglioso di avere il titolo di «Miglior IA». All'inizio, Lora aveva riso della scelta del testimone di Iroth, ma Maise le aveva fatto notare che Zhinko era tutto quello che aveva. Iroth aveva vissuto in solitudine e non aveva amici. Ma stava sviluppando un cameratismo con Zhiruto e Arazhi, che fungevano da testimoni dello sposo, facendo coppia con le damigelle di Maise: Alison come damigella d'onore, più Georgie e Lora, tutte splendide nei loro abiti viola scuro.

«Sei meravigliosa», disse Iroth a voce bassa mentre lei prendeva posto accanto a lui.

Lei, raggiante, fu felice che avessero dato istruzioni al pastore della chiesa di rendere la cerimonia breve. Quando arrivò il momento delle promesse, Iroth si voltò verso di lei con l'espressione più seria che gli avesse mai visto in volto. Le prese le mani e incatenò il suo sguardo al suo. «Maise, non ti merito. La tua gentilezza e il tuo ottimismo hanno cambiato la mia vita per sempre. Mi hai visto nel mio momento peggiore, e mi ami nonostante tutto. Grazie per avermi dato una possibilità. Grazie per avermi invitato nella tua famiglia. E soprattutto, grazie per avermi insegnato a fidarmi di nuovo. Sono onorato di essere il tuo compagno da ora fino alla fine dei tempi.»

Sentì un nodo alla gola mentre lui le infilava al dito un anello con un diamante grande quanto l'unghia del pollice. Il suo vestito poteva anche essere semplice, ma Iroth aveva insistito per l'anello dopo aver visto una pubblicità che diceva «un diamante è per sempre» mentre guardavano Hitchcock.

Lei si inumidì le labbra e infilò un anello d'oro e diamanti, quasi altrettanto vistoso del suo, al dito di lui. Non era eloquente quanto lui, ma ogni parola che pronunciò veniva dritta dal cuore. «Iroth, prometto di amarti per sempre e di affidarti il mio cuore. Non vedo l'ora di vivere una vita di avventure insieme.»

Il pastore sorrise e annuì. «Congratulazioni. Vi dichiaro compagni per la vita.»

La musica ricominciò, e corsero insieme lungo la navata sotto una pioggia di riso olografico. Le porte della chiesa si aprirono immediatamente su una sala da ballo — a differenza della vera chiesa a casa. Zhinko aveva preparato del cibo e, dopo ore di brindisi e balli, Maise fu felice di crollare a letto accanto a suo marito, ancora brillo per lo champagne.

Lui le scostò i riccioli dalle guance con una carezza e le baciò il naso. «La mia bellissima sposa.»

Più felice di quanto avesse mai immaginato possibile, lei sorrise mentre la mano di lui le accarezzava l'orecchio e scendeva lungo la gola con un tocco piumato che le fece scappare una risatina. «Credo di aver bevuto troppo.»

Le sue carezze si fermarono. «Vuoi aspettare?»

Lui aveva insistito affinché non formassero il legame di coppia Kirenai finché la cerimonia umana non fosse stata completata. Lei era quasi certa che fosse perché voleva lasciarle l'opzione di cambiare idea fino all'ultimo minuto.

«Assolutamente no», disse lei, guidando la mano di lui sul proprio seno e spingendolo a pizzicarle il capezzolo attraverso la sottoveste di raso.

Lui emise un verso basso e sexy e si chinò per baciare la curva della sua gola.

Un brivido la scosse. Lei fece scivolare la mano lungo il braccio di lui fino al petto e poi più giù, infilandola nei suoi boxer di seta per trovare il suo grosso fusto primario già pulsante e pronto.

Erano stati intimi molte volte prima del matrimonio, e lei aveva scoperto che lui aveva un secondo fallo proprio sotto quello primario. Lo chiamava il suo fusto di accoppiamento. A quanto pareva, quando lo usava, condivideva il suo DNA con lei, formando un legame indistruttibile che le avrebbe donato salute e lunga vita.

Ma in quel momento strinse con fermezza il suo fusto primario, sentendolo pulsare e gonfiarsi sotto il palmo. «Dio, adoro questa cosa.»

Lui flesse i fianchi, spingendo contro di lei, e risalì con piccoli morsi lungo la gola fino a trovare la sua bocca. La sua lingua era ferma e insistente, separandole le labbra e scavando nella sua bocca con spinte seducenti.

Lei allentò la presa sul suo fallo e fece scivolare la mano attorno per trovare il fusto più piccolo sottostante. Era rigido e più corto del fusto primario, circa dello spessore del suo pollice. Lui sussultò al suo tocco e si ritrasse. «Non così in fretta, *itoshi*. Lascia che ti prepari.»

La fece rotolare sulla schiena e le circondò il seno con una mano, ruotando e pizzicando il capezzolo mentre la baciava di nuovo. Lei si dimenò sotto di lui, sfilandosi la sottoveste sopra la testa e gettandola da parte. «Non voglio barriere.»

Lui si abbassò e le succhiò forte un capezzolo, inviando scariche elettriche dirette alla sua intimità. Le sue mani erano come fuoco, bruciando contro la sua pelle. Fece scorrere un palmo lungo le sue costole e le circondò un fianco, impastando la natica mentre scendeva lungo il suo corpo con piccoli baci mordaci. Non indossava mutandine e lui la leccò proprio tra le cosce, prima di succhiarle dolcemente il clitoride.

Lei sussultò, spingendo i fianchi verso di lui. Divaricandole ulteriormente le ginocchia, lui passò la lingua sopra quel nucleo di piacere ancora e ancora, tormentandola e stuzzicandola finché lei non si ritrovò ansimante, inarcandosi a ritmo con lui mentre le gambe tremavano e le unghie affondavano nelle sue spalle.

Proprio mentre era sull'orlo dell'orgasmo, lui spinse la lingua in profondità nel suo canale. Lei raggiunse l'apice, pulsando forte mentre la lingua di lui entrava e usciva.

Lui risalì lungo il suo corpo, passando il mento ispido delicatamente sul suo stomaco. Succhiò forte un capezzolo, poi passò alla gola, con la sua erezione che premeva contro le sue pieghe umide. Mentre reclamava la sua bocca, lei dondolò i fianchi, cercando di accoglierlo dentro di sé. La sua lingua era stata fantastica, come sempre, ma lei aveva bisogno di tutto lui.

La testa del suo fallo stuzzicava la sua apertura mentre lei si contorceva, con la soddisfazione tenuta appena fuori portata. «Smettila, mi stai torturando», ringhiò contro la sua bocca.

Ridendo, la penetrò in modo rapido e profondo.

Lei sussultò e si contrasse, accogliendo ogni centimetro bollente finché l'osso pubico di lui non schiacciò il suo clitoride. La sensazione era così bella che quasi raggiunse di nuovo l'orgasmo. Le sue pareti fremevano intorno a lui, e lei attirò la bocca di lui alla sua per baciarlo ancora.

Con un ritmo che cresceva lentamente, i fianchi di lui iniziarono a muoversi. Spingeva dentro e fuori, schiacciandola contro il materasso, col corpo caldo e pesante tra le sue gambe. La possedette con più forza e velocità finché lei non si ritrovò a sussurrare ansimando il suo nome, con i loro umori che rendevano scivolosi i loro corpi.

Era di nuovo vicina al culmine quando lui allungò la mano dietro la schiena di lei, trovando con le dita la sua umidità. Premette un dito contro il suo sedere mentre continuava a spingere, più lentamente ora, sempre più a fondo. L'orgasmo imminente raddoppiò di intensità, triplicò, finché non pensò di poter esplodere.

«Sei pronta, *itoshi*?» La sua voce era un ringhio soffocato.

«Sì, sì.» Sollevò le ginocchia e allargò le gambe, aprendosi completamente a lui.

Lui si ritrasse e il suo dito lasciò il suo sedere. Poi affondò di nuovo in avanti, ed entrambi i fusti la penetrarono, riempiendola. Pulsavano e si gonfiavano, in un'unione perfetta di sensazioni, mentre lui si ritirava e rientrava in lei.

Le sue palpebre tremarono. Gemendo in un lungo, forte grido, si spezzò, con tutto il corpo che si contraeva e si rilassava in un'ondata di piacere così intensa che l'universo sembrò inclinarsi. Le gambe le tremavano, il respiro si fermò, il cuore batteva così forte e veloce che pensò potesse scoppiare.

Era vagamente consapevole di Iroth che ruggiva il suo nome, una nota lunga e profonda che risuonava con il suo corpo scosso dai brividi. Lui continuò a spingere dentro di lei forte e veloce, pelle contro pelle, finché il calore non sprizzò da entrambi i suoi fusti. Una scossa d'assestamento la travolse, portandola quasi alla stessa altezza del primo rilascio.

Lui crollò sopra di lei, con il respiro pesante contro il suo orecchio mentre fluttuavano insieme per lunghi minuti.

Dopo che il respiro si fu calmato e la pelle si fu rinfrescata, lui si sollevò sui gomiti e la guardò in volto. I suoi occhi turchesi brillavano d'amore. «Sei pronta a vedere la galassia con me, *itoshi?*»

Lei si rannicchiò contro il suo petto. «Assolutamente sì, amore mio. Possiamo dormire un po' prima?»

Carissima lettrice,

grazie per aver letto la storia di Iroth e Maise! Mi sono divertita tantissimo a creare questa nuova specie di mutaforma e spero che abbia conquistato anche te.

Nel prossimo libro della serie **Kirenai: Compagni predestinati**, una crociera intergalattica finisce nel peggiore dei modi, lasciando i passeggeri bloccati su un pianeta alieno ostile.

Voleva una vacanza rilassante. Ha avuto uno schianto, una giungla e un alieno possessivo.

Visita la tua libreria preferita per avere subito la tua copia, oppure continua a leggere per un'anteprima del primo capitolo!

Un abbraccio, Tamsin

ESTRATTO DA "NAUFRAGATA CON UN ALIENO"

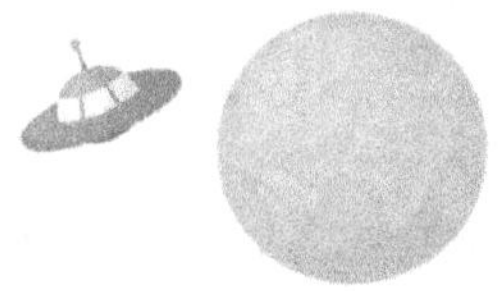

Capitolo 1

*G*li *alieni soffrono mai il mal d'auto?* Non riesco a togliermi dalla testa questo pensiero mentre la nostra limousine imbocca la strada fiancheggiata da palme che conduce allo spazioporto. Ho la nausea, nonostante il cerotto prescrittomi dal medico che mia sorella, Suzanne, mi ha applicato dietro l'orecchio. Sono riuscita a superare un volo di linea e un tragitto in auto, ma l'idea di salire sulla navetta spaziale che ci trasporterà alla nave da crociera in orbita mi terrorizza.

Fisso fuori dal finestrino e mi mangiucchio l'unghia, mentre con l'altra mano stringo il pelo di Beanie. Il mio chihuahua di tre chili è rilassato, come al solito, una palla di calore sulle mie gambe. Le mie sorelle hanno cercato di dissuadermi dal portarlo con me, ma tutta questa scappatella è così lontana dalla mia zona di comfort che temo che nemmeno lui riuscirà a darmi abbastanza sostegno emotivo. *Perché ho lasciato che mi convincessero?*

Suzanne mi afferra il polso, allontanandomi la mano dalla bocca. I suoi capelli biondo-rame ricadono in un ciuffo perfetto sulla fronte e i suoi occhi verdi sono pieni di compassione. «Smettila, Tamara. Finirai per rovinarti la manicure.»

Piego le dita contro il palmo per nascondere lo smalto rosso scheggiato. Non sono proprio il tipo da manicure e pedicure, ma le mie sorelle hanno insistito perché mi vestissi elegante per viaggiare in prima classe. Dopo diverse ore di viaggio, mi sento tutto fuorché elegante. E non siamo ancora arrivate nello spazio. La mia camicetta verde con le aperture sulle spalle continua a scivolarmi via, e l'elastico in vita si è arrotolato scomodamente sotto la pancia. Vorrei aver imposto la mia volontà riguardo ai vestiti. O riguardo all'intero viaggio.

Ma non sono mai stata brava a farmi valere.

Tutte e tre le mie sorelle chiacchierano eccitate dei loro piani imminenti, ma io le ascolto a malapena finché la mia gemella, Jennifer, non mi dà una gomitata sul ginocchio. «Ho detto: fammi vedere il telefono.»

Siede di fronte a noi, con la schiena rivolta all'autista. L'enorme custodia contenente la sua attrezzatura astronomica riposa sul sedile accanto a lei. Sogna di andare nello spazio da quando eravamo bambine, ed è il motivo principale per cui non ho potuto dire di no al viaggio.

«Perché vuoi i nostri telefoni?» chiede la nostra sorella minore, Bethany, stringendo al petto la custodia scintillante del suo cellulare. Come al solito, è splendida nel suo vaporoso abito estivo giallo, con i capelli ramati e mossi appena tagliati e acconciati. La nostra sorellina è estroversa, rumorosa e sembra sempre pronta ad andare in TV — il che ha senso, dato che conduce un popolare programma televisivo di cucina.

Jennifer strappa il telefono dalle mani di Bethany. «Sto installando un'app che ci permetterà di documentare eventuali eventi o anomalie spaziali.»

Le porgo il mio telefono senza dire una parola. So che è meglio non discutere.

«Non vengo in crociera per passare il tempo a raccogliere dati per te», dice Suzanne, cercando di riprendersi il telefono, ma Jennifer le scaccia la mano. «L'unica ricerca che voglio fare è scoprire quale alieno abbia gli addominali più scolpiti.»

«Rilassati», dice Jennifer. «Sto potenziando i nostri segnali Bluetooth, così i telefoni rimarranno collegati tra loro anche senza campo. In questo modo, potremo tenerci d'occhio a vicenda mentre respingiamo alieni arrapati.»

«Dio, spero che lo siano», sospira Suzanne. «Ultimamente su Bumble ho trovato solo dei fiaschi.» Appena divorziata e con entrambi i figli al college, Suzanne è libera per la prima volta dopo diciannove anni. Un altro motivo per cui non posso dire di no a questo viaggio.

Io, d'altra parte, non ho alcun desiderio di incontrare uomini appetibili, tanto meno alieni, non con i miei precedenti. Il mio ultimo fidanzato mi ha rifilato il discorso del «non sei tu, sono io», per poi andare subito a convivere con un'altra. A parte le feste obbligatorie a cui dobbiamo partecipare, ho intenzione di rintanarmi in camera mia con Beanie e il mio ultimo progetto di ricamo.

Bethany si sporge sopra le mie gambe per sbirciare dal finestrino oscurato. «Vedo la navetta!»

«Caspita!» Suzanne si accalca, premendo il gomito contro di me per farsi spazio sul sedile. «Quelli sono alieni!»

Mi agito e la spingo via, sentendo la nausea salire. «Mi state facendo stare male.»

«Davvero, Tamara?» si ritrae Bethany. «Non hai ancora intenzione di lasciar perdere? È successo un milione di anni fa.»

Suzanne mi scosta i capelli per controllare dietro l'orecchio. «Il cerotto non funziona?»

«Smettila». Allontano la sua mano con una scrollata di spalle. «Ho solo bisogno di spazio».

I ricordi della gita di seconda liceo in Europa mi perseguitano ancora. Mi ero messa in imbarazzo vomitando su tutte le scarpe dell'assistente di volo. In seguito, gli altri ragazzi mi presero in giro senza pietà, e per tutto il resto delle superiori venni chiamata la regina del vomito.

Abbasso il finestrino e un'aria afosa che odora di asfalto rovente mi investe il viso. Più avanti sulla pista, vedo qualcosa che sembra un enorme bocciolo di rosa viola adagiato su un fianco. Mi si stringe la gola.

Un lato della nave è aperto a formare una rampa, e tre uomini dalle ampie spalle in uniformi bianche aspettano alla base. Hanno la pelle blu, proprio come nei film di Hallmark. Sembra che ogni programma televisivo abbia presentato un eroe alieno blu da quando, l'anno scorso, un principe alieno è venuto sulla Terra in cerca di una compagna.

La limousine si ferma a una decina di metri dalla rampa. Prima che l'autista possa scendere per aprirci la portiera, Suzanne la spalanca e balza fuori, con BethanyJennifer apre la portiera dal nostro lato, tirando via la sua custodia dal sedile.

Mi prendo il mio tempo per rimettere Beanie nella borsa e indossare gli occhiali da sole. Non posso credere di stare per farlo. A denti stretti, scendo dalla limousine sulla pista, sentendo il calore penetrare attraverso le suole sottili dei miei sandali. Mi si secca la bocca mentre guardo la grande nave aliena. La superficie color lavanda brilla leggermente al sole e presenta venature simili a quelle di un vero petalo di rosa. *Com'è possibile che sia abbastanza resistente da andare nello spazio?*

Suzanne sta già salendo la rampa, sorridendo come lo Stregatto e chiacchierando con un alieno che trasporta due delle loro valigie extra large. Un altro alieno ha sollevato l'enorme custodia astronomica di Jennifer dall'auto, mentre lei gli ronza intorno come una chioccia preoccupata. Rimango colpita da quanto tutti quei tizi blu sembrino simili tra loro, un po' come tante bambole Ken blu in uniformi bianche coordinate.

Bethany guarda verso di me, con gli occhi celati dietro occhiali firmati con lenti a specchio dorate. «Pronta?»

Annuisco ma resto immobile al mio posto mentre mia sorella si incammina verso la rampa senza di me.

Anche la limousine riparte, lasciandomi sola sulla pista con il sole che mi picchia in testa. Il sudore mi cola tra i seni e mi appiccica la maglietta alla schiena. Beanie starà probabilmente cuocendo vivo nella mia borsa. Inghiottendo il terrore incipiente, mi dirigo verso la rampa di attesa.

Una parete divisoria appena all'interno del portello aperto mi impedisce di vedere l'interno della navetta, ma sento un chiacchiericcio allegro provenire da dentro. Le mie sorelle sono troppo eccitate per accorgersi della mia assenza. *Se non salgo, la navetta partirà senza di me?*

Mi giro, lanciando uno sguardo malinconico agli hangar che circondano il campo di volo. Vedo un paio di uomini fermi all'ombra contro un muro, che fumano. Anche se non fumo, sono tentata di andare a chiedere loro un tiro, solo per avere una scusa per ritardare l'imbarco.

«È pronta?»

Sussulto alla voce improvvisa e profonda, afferrando la borsa prima che mi scivoli del tutto dalla spalla. Il povero Beanie guaisce per lo scossone. Un uomo blu alto in uniforme bianca è fermo sulla rampa della navetta e mi osserva intensamente. Ha un aspetto meno umano di quelli che hanno aiutato le mie sorelle, con occhi leggermente troppo grandi per il suo viso scolpito, ma indossa la stessa tuta bianca. I suoi capelli blu scuro sono lucenti e folti, più corti ai lati e arricciati contro il colletto sul retro.

Il suo sguardo scende verso la mia borsa e un senso di colpa nervoso mi assale. La compagnia di crociera non ha chiesto documenti per Beanie, e ho pensato che fosse meglio chiedere scusa che permesso, specialmente perché alcune strutture non considerano i cani da sostegno emotivo come veri animali di servizio. Ora riesco solo a pensare che le mie sorelle mi uccideranno se Beanie ci farà bandire dal viaggio.

L'alieno fa un passo avanti e tende la mano verso la mia borsa. «Permetta che l'aiuti».

Sistemo la borsa in modo protettivo sotto il braccio e Beanie guaisce di nuovo. L'alieno aggrotta la fronte e ritrae la mano.

«È un animale di servizio», l'assicuro. «Non morde, lo prometto».

L'alieno si sposta di lato, mantenendo lo sguardo sulla mia borsa. I suoi muscoli sono ben evidenti sotto l'uniforme, e non posso fare a meno di chiedermi se abbia un aspetto umano sotto i vestiti. Mi mordo il labbro, il cuore accelera mentre lui riporta lo sguardo sul mio. Quando i suoi occhi blu notte incontrano i miei, vengo travolta da un attimo di vertigine e il mio cuore impazzito va su di giri.

Porca miseria, i programmi TV non rendevano giustizia ai loro eroi alieni. A essere onesti, gli show avevano a disposizione solo attori umani dipinti di blu, ma cavolo, se un vero Kirenai apparisse mai sullo schermo, diventerebbe subito una superstar. Non ho mai provato questo genere di attrazione per un uomo in vita mia, tanto meno per uno appena incontrato.

«Il motivo è una somiglianza notevole.» La sua voce sembra seta pesante che mi si posa sulla pelle.

Lo guardo sbattendo le palpebre come un'idiota per un istante, cercando di dare un senso al suo commento. «Ehm, come?»

Indica la mia borsa. «Non ho mai visto un'opera d'arte di questo tipo prima d'ora.»

Guardo giù, rendendomi conto che si riferisce all'immagine ricamata di Beanie. «Oh! Grazie. Vendo ricami personalizzati su Etsy.»

«L'ha fatto Lei?»

«Sì.» In automatico rovisto nella borsa per cercare uno dei miei biglietti da visita e glielo porgo. «Se Le interessa, mi faccia sapere. Posso lavorare partendo da una foto.»

Lancia un'occhiata senza prenderlo. «Forse un'altra volta.» Indica il portello. «Siamo in ritardo sulla tabella di marcia. Prego, mi segua.»

La delusione mi travolge mentre lui sale la rampa senza voltarsi, e mi do della stupida. *È stato solo gentile.* Non è possibile che un tipo figo come lui sia interessato — né a me né al mio ricamo. Almeno non mi ha cacciata dal viaggio a causa di Beanie.

Mi affretto su per la rampa, trascinando la valigia dietro di me. All'interno della navetta, l'alieno attraversa un'apertura rotonda che si richiude subito a spirale dietro di lui. Nell'altra direzione, l'area passeggeri è fiancheggiata da lussuose poltrone rosse, alcune chiaramente non proporzionate per gli umani.

Uno degli steward alieni blu mi sollecita a percorrere il corridoio. «Da questa parte, signorina. Posso prenderLe la valigia? Stiamo per decollare.»

Deglutisco, rendendomi improvvisamente conto di chi fosse l'alieno con cui stavo parlando sulla pista. *Il pilota.* Il pilota in persona è venuto ad assicurarsi che salissi a bordo. Ora sento che tutti mi guardano, giudicandomi per averli fatti tardare. *Ottimo inizio di viaggio.* Lascio la maniglia della mia valigia, individuando Suzanne e Bethany sedute l'una accanto all'altra vicino a un finestrino. Jennifer sta in piedi dietro l'inserviente che sta manovrando la sua massiccia custodia del telescopio lungo il corridoio in fondo.

Un sibilo annuncia quello che presumo sia la chiusura della rampa, e il pavimento inizia a vibrare dolcemente. Lo stomaco mi sussulta e appoggio una mano contro la parete vicina per sorreggermi, ricacciando indietro il vivido ricordo della gita di seconda liceo. *Non vomitare.*

Lo steward mi mette una mano sul gomito. «Tutto bene, signorina?»

Temendo di aprire bocca, annuisco con vigore e mi siedo sulla poltrona più vicina. La luce del sole che entra dal finestrino mi taglia il viso mentre la navetta ruota. *Ci stiamo muovendo.* Il terrore mi stringe il cuore e cerco una cintura di sicurezza. Non ce ne sono. Questi alieni non hanno protocolli di sicurezza? Chiudo forte gli occhi, respirando lentamente con il naso.

Beanie si libera dalla borsa, accovacciandosi sulle mie gambe. Gli accarezzo le spalle e il dorso, non sapendo con certezza se sia lui a calmare me o viceversa, a questo punto.

Qualcuno si siede accanto a me e socchiudo un occhio per vedere Jennifer che mi guarda con un sopracciglio alzato. «Il cerotto continua a non funzionare?»

Faccio una smorfia. «Sono super sensibile, d'accordo?»

Jennifer sospira. «E va bene, scusa. Ma se hai intenzione di startene seduta lì con gli occhi chiusi, posso almeno avere il posto vicino al finestrino?»

Stringendo i denti, mi alzo in piedi e la lascio passare. «Spero tu sappia quanto mi devi per tutto questo.»

«Lo so, lo so. Grazie.» Jennifer si volta e preme il viso contro il vetro.

Mi siedo rigidamente sull'altro sedile e chiudo forte gli occhi, sforzandomi di mantenere il tocco leggero mentre accarezzo la schiena di Beanie. Se riuscirò a finire questa crociera senza rendermi di nuovo ridicola, sarà un miracolo.

GLOSSARIO

Bacca – un gioco che ricorda il frisbee golf

Burendo – un Kirenai che eccelle nel mutare forma ed è in grado di assumere non solo l'aspetto di altre specie, ma anche la loro colorazione.

Fogarian – specie aliena dai capelli rossi e basette che vive su un pianeta roccioso e montuoso.

G'nax – una specie che usa la luce per comunicare attrazione ed eccitazione. Hanno anche una relazione simbiotica con un insettoide a otto zampe.

Hage – alieno calvo dagli occhi grandi che somiglia molto all'iconico alieno diffuso nell'immaginario umano.

Happa – fronde blu simili a palme.

Hypawa – specie con occhi color magma.

Ijin'en – animale da mandria a quattro zampe allevato per la carne e noto per la sua stupidità.

Iki'i – potere empatico.

Irn – un'unità di misura. Una rotazione planetaria attorno al sole dei Kirenai.

Jiro – un'unità di misura equivalente a circa due ore terrestri.

K'ogai – la città vicino al palazzo su Kirenai Prime.

Kazhitu – noci che sembrano girelle dolci quando vengono cotte al forno. Ricche di zucchero, burrose e fruttate.

Khargal – alieni grigi dotati di corna, con pelle simile alla pietra e ali, provenienti dal pianeta Duras.

Khensei – una tossina che causa la snaturazione dei Kirenai nel loro stato di riposo.

Kikajiru – la mia fonte di distrazione (un termine affettuoso).

Kirenai Prime – il pianeta d'origine dei Kirenai. Viola e blu con vorticose nuvole bianche.

Kuzara – merda, accidenti, cazzo.

Sciame della morte Kryillian – minuscole creature insettoidi che possono uccidere un uomo in pochi secondi succhiandogli il sangue.

Matrice/matrice cellulare – il termine per indicare la massa cellulare di un Kirenai.

Nilgawood – un albero usato per produrre resina.

Oritsu – un'espressione di stupore.

Popotan – la pianta usata per rivestire gli interni delle navi che fornisce ossigeno, ricicla l'acqua, è altamente resistente alle radiazioni e può rigenerarsi se danneggiata.

Qalqan – specie nota per i suoi guaritori, con un ottimo approccio ai pazienti grazie alla loro resistenza alle fluttuazioni emotive.

Stato di riposo – la forma amorfa di un Kirenai; come la nudità per gli umani, viene mostrata solo ai familiari o agli amici fidati.

Senburu – una congregazione galattica di mercanti che si oppone al dominio dell'imperatore. I singoli membri sono chiamati *Senbur*.

Sireta Prime – un popolare pianeta del divertimento.

Tessuto *Supo* – tessuto intelligente per abbigliamento che non necessita di bottoni o cerniere.

Teozhisa – un carro per il trasporto di persone.

Tolonovone – un dispositivo che crea segni luminosi sulla pelle, usato dai G'naxiani come parte dei loro rituali di accoppiamento.

Ukimi – amato dessert ghiacciato dal sapore fresco e speziato, simile alla menta dolce.

Vatosangani – specie dalla pelle d'alabastro e capelli blu o verdi che tende a essere tarchiata o arrotondata. Il pianeta si chiama Vatosang.

SCHEDA TECNICA KIRENAI

I Kirenai sono una specie di mutaforma interamente maschile, con una forma naturale (stato di riposo) simile a quella di un'ameba, che solitamente assume una forma bipede per interagire con le altre specie. Fino alla scoperta degli umani, i Kirenai necessitavano di un legame di coppia permanente con una femmina di un'altra specie per generare prole. Tutti i tratti Kirenai sono dominanti e situati sul cromosoma Y; la prole maschile è interamente Kirenai, mentre la prole femminile appartiene interamente alla specie della madre.

Storicamente i tassi di natalità sono stati bassi e, nel corso dei secoli, la popolazione è andata diminuendo. Le femmine umane si sono dimostrate eccezionalmente ricettive all'impregnazione e non richiedono la formazione di un legame di coppia per concepire. Ciò ha reso la Terra un bersaglio per i trafficanti di schiavi del mercato nero che commerciano in «fattrici». L'Imperatore ha tentato più volte di proteggere la popolazione.

Indipendentemente dalla forma assunta, un Kirenai sarà riconoscibile come tale dal colore della pelle e dei capelli. La tonalità più comune è il blu, sebbene i colori possano variare dal verde menta al lavanda. Rari individui, chiamati *burendo,* possono assumere colorazioni al di fuori di questo spettro. Il sangue dei Kirenai è trasparente o leggermente lattiginoso, a meno che non sia infetto, nel qual caso diventa torbido fino a raggiungere un bianco quasi solido.

Tutti i Kirenai possiedono abilità empatiche chiamate Iki'i, che li rendono capaci di leggere emozioni e desideri, oltre a identificare gli individui della propria specie indipendentemente dalla forma. Questo è l'unico tratto Kirenai che a volte viene trasmesso alla progenie femminile. Tale abilità rende inoltre la specie, nel suo complesso, composta da amanti consumati, poiché i Kirenai possono compiere azioni e assumere attributi che il partner trova più attraenti. I compagni legati assumono una forma permanente gradita ai propri partner;

raramente riescono a forzarsi in una forma alternativa dopo il legame.

La durata media della vita di un Kirenai è di circa ottocento anni umani. Quando si forma un legame di coppia, un Kirenai trasmette un piccolo marcatore genetico alla propria compagna, che mitiga il processo di invecchiamento e le conferisce una durata di vita pari alla propria.

ALTRE RAZZE GALATTICHE

Qalqan – Una razza rosa simile a lucertole, dotata di un talento innato per la medicina. Hanno più di due generi e cambiano sesso con l'avanzare dell'età, il che rende la riproduzione piuttosto complessa. Ciò significa anche che raramente formano legami di coppia con i Kirenai. Inoltre, le loro emozioni sono difficili da comprendere per gli altri e illeggibili per *l'Iki'i* Kirenai.

Hypawa – Una razza con grandi occhi espressivi, pelle liscia e luminescente e capelli e ciglia lussureggianti; considerata da molti la razza più bella della galassia. Le loro origini sono un mistero: persino il loro presunto mondo di origine non sembra essere il loro pianeta natale. La loro economia dipende dal turismo e dall'intrattenimento.

G'nax – Una razza spinosa, simile a insetti, che può respirare in diverse atmosfere. Biologicamente sono inclini al commercio e possiedono sensi che permettono loro di navigare nell'iperspazio. Usano la luce per comunicare attrazione ed eccitazione. Le femmine hanno una relazione simbiotica con un insettoide a otto zampe che secerne una rugiada usata per nutrire i piccoli G'nax.

Khargal – Una razza dalle corna e dalla pelle grigia che può entrare in uno stato di ibernazione in cui il corpo diventa simile alla pietra. Il numero di corna indica la quantità di sangue reale che scorre in loro. L'onore è più importante di ogni altra cosa per loro. Hanno ali e artigli e somigliano ai gargoyle della mitologia terrestre. Il loro pianeta di origine è un mondo arido che ha due lune ed è noto per avere alcuni depositi di minerali insoliti e relativamente poche forme di vita.

Fogarian – Una razza robusta dalla pelle spessa, con capelli cremisi, artigli e zanne. Provengono da un pianeta ad alta gravità ricco di gemme cristalline ed eccellono nello scavare. Le femmine di solito partoriscono cucciolate da due a quattro piccoli e sono tra le compagne preferite dei Kirenai. I Fogarian tendono a essere molto schietti e mantengono le promesse, anche a costo della vita.

Vatosangan – Una razza piccola e gracile, con pelle d'alabastro, lineamenti arrotondati e capelli dal blu al nero. Essendo la razza più comune a legarsi ai Kirenai, alcuni dicono che controllino effettivamente l'impero galattico dietro le quinte. Cercano ogni alleanza, tecnologia o vantaggio che possa favorirli, e il loro attuale governo è una meritocrazia.

Klen – Una razza umanoide dalla pelle verde con occhi su steli allungabili. Le loro lingue possono fungere da arti prensili e hanno la capacità di resistere a una vasta gamma di temperature. Sono una razza di spazzini e possono modificare alcune delle loro secrezioni corporee per trasformarle in varie sostanze utili.

Hage – Alieni bassi, calvi e con la pelle grigia, dalle teste grandi. Furono i primi a stabilire un contatto con gli umani. Sebbene la loro corporatura esile non lo suggerisca, sono dipendenti dai piaceri della nutrizione e la loro cucina è spettacolare. Una guerra passata ha devastato il loro pianeta natale e ora vivono sparsi tra le altre razze, solitamente impiegati nel settore dei servizi.

Sheeghr – Non abbastanza avanzati per essere ammessi al Consorzio Galattico. Una razza matriarcale, simile ai furetti, originaria del Pianeta Canoro. Noti per l'ipersessualità, le femmine mantengono un costante stato di gravidanza per tenere lontano un parassita nativo chiamato Gloor. Qualsiasi femmina che si rifiuti o che non riesca a rimanere incinta viene uccisa. I maschi determinano il rango in base alle dimensioni e al colore del loro fallo.

Umani – Nuovi membri del Consorzio Galattico. Questa razza bipede non si è ancora omogeneizzata in una lingua, una cultura o un aspetto unici. La specie ha tonalità di pelle che variano tra il nero e l'alabastro, con sfumature di marrone nel mezzo. Le femmine sono in grado di riprodursi con molte altre specie in tutta la galassia e sono diventate un bersaglio per il commercio illegale di schiavi.

L'AUTRICE

C'era una volta, pensavo di voler diventare un'ingegnera biomedica, ma fare esperimenti sui topi di laboratorio non porta sempre a un lieto fine. Ora fondo la mia infatuazione da nerd per la scienza con romance incentrati sui personaggi e lieti fini garantiti. I miei mostri trovano sempre la loro compagna, tra eroine grintose, eroi tormentati e tutti i guai piccanti che riescono a gestire. Ti prometto che le mie storie non ti lasceranno mai in sospeso (anche se potresti desiderarne ancora!).

Quando non scrivo, mi troverai in giardino o in cucina, a esplorare l'Alaska con mio marito o a prepararmi per l'apocalisse zombi. Mi piace anche lavorare all'uncinetto mentre faccio binge watching su Netflix, giocare ai videogiochi e godermi il tempo in famiglia durante la nostra sessione settimanale di D&D.

Vuoi saperne di più su di me? Entra nel mio VIP Club e ricevi libri gratuiti, aggiornamenti e altro materiale fantastico!

>>> news.tamsinley.com/ERHXVo

SERIE DI TAMSIN LEY

ROMANCE SCI-FI

Serie *Compagne dei pirati spaziali*

Capitani pirata alieni rapiscono donne umane per missioni pericolose, scoprendo anime gemelle predestinate tra le stelle.

Serie *Kirenai: Compagni predestinati*

Guerrieri alieni mutaforma setacciano la galassia alla ricerca delle loro compagne umane predestinate.

ROMANCE FANTASY

Serie *Anime gemelle mostruose*

Tritoni, centauri e djinn scoprono l'amore al fianco di partner umani.

ROMANCE PARANORMALE

Serie *I mutaforma alfa dell'Alaska*

Eroi mutaforma sexy ed eroine indomite nelle terre selvagge dell'Alaska.